猫派
You Know You Want This
Cat Person and Other Stories

[美] 克里斯汀·鲁佩南 著

李杨 译

新 星 出 版 社　NEW STAR PRESS

献给我的母亲卡罗·鲁佩南,是她教会了我热爱我所恐惧的东西。

目 录

1 | 夜行者
25 | 坏小子
41 | 瞧你的把戏，姑娘
61 | 沙丁鱼
89 | 镜子、木桶、老髀骨
109 | 猫派
141 | 好人
213 | 泳池男孩
243 | 疤
261 | 火柴盒标志
291 | 寻死
313 | 咬人

他说,
你的胸腔里有什么东西在跳动。
不是心脏,
它牛肠白、纤维状,
已经掏空洗净。

——拉拉·格伦娜姆,《美丽》

夜行者

六班的女生都很坏，这一点尽人皆知。布图拉[①]女子小学流传着一系列关于六班的传说——比如把一位女辅导员关在男厕所里整整一晚；比如因为学校连续十天供应玉米豆饭[②]就煽动学生们静坐抗议；再比如储藏室里突然冒出一只羊。美国和平队的志愿者亚伦被分到六班之后，每次在走廊里遇到其他老师，对方都会对他报以同情的目光；有一个年轻女老师在食堂里跟同事们讨论起他的时候，甚至伤心得当场痛哭。

但当亚伦向这位年轻女老师请教对付六班女生的经验时，她只是无可奈何地叹了口气，说："我也救不了你。恶魔就在她们当中，你拿她们毫无办法，除非——"说着，她用手比画出一根鞭子，在空中猛地挥了一下。

啪。

学校里每个老师都带过六班。每一个受尽折磨的老师

[①] 布图拉（原文 Butula），肯尼亚西部靠近乌干达附近的一个小村庄。
[②] 玉米豆饭（原文 githeri），用玉米和豆子制成的一种肯尼亚传统主食。

最终都气不过地把闹事的女生拖出教室,用树枝抽打她们的小腿肚泄愤。但亚伦拉不下面子。于是,他只要一转过身去在黑板上写字("HIV病毒一般通过以下途径传播……"),女生们没完没了的戏弄和嘲笑就会升级成控制不住的集体混乱。

他说话的时候女生们会模仿他的声音,用尖锐的鼻音朝他吱吱怪叫。她们还朝他弹东西:不单单是粉笔,还有浸了口水的纸团、玉米粒、发夹以及绿色的鼻屎球。有一次他把判完的练习作业发回去之后,罗达·库东多慢悠悠地走到他的桌边,将练习册一把甩在他脸上,嘴里低声嘟囔着什么,显然是在模仿他的得州长腔。见到此情此景,全班女生哄堂大笑,只有亚伦一头雾水,责令库东多回到自己的座位上坐下。但她并没有照做,只是又重复了一遍她刚才说的,接着把食指捅进了自己的嘴里,在脸颊上顶起一个鼓包。她在勾引他。反应过来的亚伦面红耳赤、呆若木鸡,而库东多则在全班女生的欢呼声中若无其事地走回了自己的座位。

在十二月一个潮湿的午后,琳内特·欧多利尾随亚伦出了学校大门,一路学着猫叫跟他一起走回他的住处。琳内特是六班年纪最小的女生,她身材小巧玲珑,长得又漂亮，用赤胸朱顶雀①给她当绰号真是恰当极了。在那之前，亚伦一直对她十分偏爱，不但一有机会就表扬她，还把她本来写得中规中矩的作业当成范例让全班学习。于是那天下午，她就以这种奇怪却十分有效的方式，对亚伦心不在焉又难以服众的偏袒完成了复仇。

当天晚上，亚伦对自己的朋友格蕾丝抱怨琳内特的古怪举动。亚伦说，路上遇到的孩子看见琳内特跟在他身后学猫叫，竟然都兴致勃勃地跟琳内特一起叫，直到最后他身边围了一堆孩子，一块儿学着猫的样子冲他喵喵地尖叫。"都赖你这双眼睛，"格蕾丝说，"你眼睛的颜色跟猫眼一样。"仿佛这是显而易见的事情。

亚伦觉得自己的眼睛只是平常的蓝色，相较之下格蕾丝的眼睛才更像猫眼。格蕾丝是土生土长的卢希亚族女孩儿。虽然她的眸子是棕色的，但眼角的位置呈现出一种诡异的弧形，并且眼球有一点突出。当亚伦从侧面看她的时候，可以清晰地看到她眼睛的弧线，仿佛一捧随时都会溢出的清水。

亚伦刚到村子里的第一周，格蕾丝就"认领"了他。

---

①赤胸朱顶雀的英文名字是 linnet，与琳内特的英文是同一个词。

有一天晚上，她来到他住所门口，给他送来一瓶温热的可乐和一张焦香的烤饼。她额头上长满了青春痘，微笑时嘴咧开，露出深色的牙龈，尽管十九岁的她实际上比六班的任何一个女孩儿年纪都大，但她看起来跟她们没什么差别。此前，她曾问过亚伦来自美国的什么地方，听了亚伦的回答，她酷酷地说："天哪，我还以为得州人都是大块头，像牛仔那样，可是你块头也不大啊。你差不多也就是个……普通人。"曾就读于布图拉女子学校的格蕾丝并不觉得亚伦的遭遇有什么稀奇，她坚称那个学校里没有什么阵仗是她没见过的。她总会在夜幕降临时大摇大摆地走进亚伦那散发着酸臭气息的逼仄小屋，用刻意的屏息表明自己来到此地是受了多大的委屈，仿佛在向亚伦暗示，这样的陋居根本不值得他们停留片刻。有一次，她干脆直截了当地问他："你从得克萨斯千里迢迢地跑到这里来，住这种小破房子，到底图什么？难道你不知道，就连学校的厨子住得都比你强？"

亚伦告诉她，他是个志愿者，住处是学校提供的，所以尽管他一到这里就向和平队的上级表示了强烈的不满，但归根结底他也无能为力。实际上，就在他第一次跨过门槛、进入屋子的时候，一坨脏兮兮的蝙蝠屎从门框上掉下来，撒了他一身。后来，他在屋子里发现了其中一只"造屎者"已经脱水风干的尸体。那只蝙蝠困在了停用的火炉里，本身就像一坨烤干的棕色粪球。

尽管格蕾丝表面上对亚伦的住处一脸嫌弃，但她仍然时常在这里待到半夜，一边吮着手指一边隔着被提灯照亮的桌面盯着他看。亚伦怀疑，她是想邀请他共赴巫山，所以花了好长时间绞尽脑汁地思考自己究竟该作何回应。不过直到现在她都没有开口。每次夜深了，她都只是站起身、打个哈欠，然后若无其事地整理整理已经滑落出来的内衣肩带。

不过，就在"猫叫事件"发生的当晚，亚伦陪着格蕾丝来到他住处门前。正在驻足间，亚伦兴之所至伸手搂她，但格蕾丝并未就范，而是把亚伦的手从自己腰上拿开，放回他的身侧，然后对着他大笑起来。

"坏哦。"她调戏道，边说边对着他的鼻子摇手指。

旧羞未平，又出新丑，亚伦当晚失眠了。他盯着天花板，害怕见到黎明。

好不容易入睡，没多久亚伦就被一阵敲门声吵醒。他的提灯已经熄灭,只能摸着黑从蚊帐里钻出来,摸索着走到门口。"来了。"他叫道,但敲门声仍然没有停下。来者如此急切,亚伦心想莫非是出了什么急事——比如恐怖袭击或者反政府武装入侵,和平队的直升机来接他了?想到这种可能性,亚伦既感到恐惧,又有一丝兴奋。但当他最终抬起门闩打开房门时,才发现门外空无一人。

他一脸困惑,径直来到门外。夜晚的空气混着炭和牲畜粪便的气味,冷风吹得他浑身直起鸡皮疙瘩。明明就在他开门之前,来者还在敲门,这么短时间内不可能消失得无影无踪吧?但趁着幽暗的月光,亚伦只看到空无一物的场院,院门紧闭、万籁俱寂。

"有人吗?"他叫道,但除了自己的呼吸之外,什么也听不见。

他回到屋里,重新放好门闩,整理了一下蚊帐,把四角塞进床垫下压好。他刚刚盖好被单,敲门声便再次响起。他循声下地开门,门外还是空空如也,如此往复三次。有一次,他想悄悄地出后门绕过去包抄,要把这故意整他的坏蛋抓个现行。但是他刚刚迈出后门,前面的敲门声便立刻停止。他只得重新回到房中,背靠着墙瘫坐在地上,努力平复自己的情绪、让自己不要慌张。但他刚刚坐下,敲门声便再次响起,敲打着他的金属质地的房门发出震耳欲聋的噪声。"滚蛋。"他用手堵住耳朵向门外大吼。"滚蛋!Toka hapa①!快滚!"但这让人抓狂却又无比洗脑的诡异敲门声就这样持续了一夜。当天色渐亮,亚伦被折磨得两眼冒火、头晕脑胀之时,敲门声终于停止了。亚伦认为骚扰自己的人一定留下了什么蛛丝马迹,想借着天光查看一番。他踉踉跄跄地走出门外,却只看到一坨还冒着热气的大便整齐地盘绕着,在他门廊正中间的地上等着他。

近在咫尺的新鲜粪便气味让他作呕。他忙用胳膊捂住鼻子,跑回屋里,一把关上了房门。但就算是这样,他还是非常确信自己依然能够闻到一股臭味。后来,他一口气喝了两瓶大象牌啤酒给自己壮胆,这才隔着一张报纸捏起了那坨大便。他不敢过多地回味薄薄的纸张后面透出的阵阵温热,把手伸得离身子远远的,跑出院子,将手中的东西一股脑地扔出了围墙。

亚伦知道,如果他当天不去学校,就会彻底失去制伏六班的机会,但他真的完全不想去。他瘫倒在沙发上,浑身冒汗,脸上盖着被单,努力分析着究竟是谁大半夜地对

---

①斯瓦希里语,意为"走开"。

他发动这样的"袭击"。是纤细柔弱、喵喵叫的琳内特？是举止粗俗的罗达·库东多？还是其他平时不那么显眼的人，比如长相漂亮、有一次在考卷上写满了"我爱莫西·奥乔"的默西·阿金依？也可能是米尔森特·纳布威尔？她上周有一次在课上举手提问说："老师，是不是——是不是——白人[①]——真的……？"然后结结巴巴地像连珠炮一样说："Mwalimu, ni kweli wazungu hutomba wanyama?"为了掩盖自己斯瓦希里语水平不够，亚伦装作认真地思考米尔森特的问题，频频皱眉。直到他终于想明白了她后面那句话的真正意思（老师，他们说白人都操动物，是真的吗？），他才意识到原来自己已经上了她的套儿。

要不然就是阿纳斯腾莎·奥登尤。她是班上众多孤儿之一，带着五个弟弟妹妹一起生活。由于她平时很少来上课，亚伦一直记不住她的名字。他只是有时在村里遇见她，每次见她都头顶着一个大篮子、背后背着一个小孩子，看起来疲惫不堪、不胜其扰。有一次，他看到她在市场上买洋葱，主动提出帮她付钱，并告诉她希望她能够早日回去上课。她接受了他的资助，然后指了指他的iPod，用斯瓦

---

① 本句中两处仿宋表示原文为斯瓦希里语。

希里语跟他说了什么,他没听懂。

"听音乐,"她又用英语一字一板地说了一遍,"我喜欢听音乐。"来到这里之后,亚伦对于当地人索要他个人财物的事情已经司空见惯,但还是觉得十分别扭。

"不行,阿纳斯腾莎。"他告诉她,"不好意思。"

"好吧。"她说。这时她背上的孩子哭了起来,她连忙制止。"那就下次有机会吧。谢谢你送给我的洋葱,老师。再见。"回家路上,他突然意识到她可能不是向他索要iPod,而只是想借来听一首歌。这种可能性让他感到坐立不安。

是啊,琳内特、罗达、默西、米尔森特、阿纳斯腾莎,她们都有可能……但是也有可能是斯黛拉·卡森耶,或者萨拉芬·维楚利,或者维罗妮卡·巴拉萨,或者安捷琳·阿提艾诺,或者布丽吉特·塔布,或者普丽缇·安扬戈,或者维奥莱塔·阿德希亚姆博。事实上,六班的每一个人都有嫌疑,因为她们都憎恨他——她们所有人。

当天下午三点左右,校长来到了亚伦的住处看望,亚伦说他感觉不是很舒服。校长提醒亚伦注意防范疟疾,并提出让一个学生给他送一些必理通。亚伦礼貌地拒绝了，重新爬回床上。之后，格蕾丝又在老时间到来，显得有些形单影只，身子还有点摇摇晃晃的。亚伦请她进屋。"你怎么了？"格蕾丝一见他便问道。他简要地向她讲述了前一天晚上的经过，略去了有人在他门廊上拉屎一事。与罗达粗俗的求欢一样，这件事莫名其妙地给他带来了更强的羞耻感。他以为格蕾丝不会相信有人不停地敲他的房门一直到天亮，毕竟这件事连他自己都不信，但没想到等他讲完，做好了接受格蕾丝讥讽嘲笑的准备，她却只是点了点头，仿佛智者先贤那样回答道："啊，那是夜行者。"

"夜行者？"他重复了一遍格蕾丝的话。

"怎么，和平队培训的时候没教你们这些？"

亚伦说，自己在来布图拉之前接受过八周的和平队培训。打那时起，他一直觉得，在格蕾丝的概念里，他在教室里上了八个月的课，细致学习了肯尼亚人生活的方方面面，做到了"上得厅堂，下得厨房"。于是，亚伦但凡出一点差错都会让格蕾丝惊讶不已。甚至有些时候，亚伦觉得格蕾丝是真心为他打抱不平，责怪她想象中的那些和平队的老师误人子弟。

"夜行者在我们卢希亚人中十分常见，"她告诉亚伦，

"这些人肆无忌惮地光着屁股跑来跑去,到处惹是生非。"可能是觉得亚伦一脸困惑的样子很有趣,格蕾丝刻意压低了嗓门,皱起眉,开始比画起来。"他们来到你家门前,梆梆梆!"说着她在空气中挥舞起拳头,"然后用屁股蹭你家的墙。"她撅起屁股晃动着,"如果你非常不走运,他们还会给你留个小礼物。"她咯咯笑了一下,然后以一个强调句收尾,"没错!这就是夜行者。"

此后,亚伦整晚都在试图让格蕾丝承认刚才说的这些都是她编的。她以前也给他讲过离谱的神鬼故事。有一个故事讲的是一个男人受了诅咒,每次尿尿都会像公鸡那样打鸣;还有一个故事说有一名女巫,专门对背德偷情的男女下咒,让他们交欢时连在一起拔不出来,只能到医院动手术——但这些一听就是玩笑,就好像她明知道他不会相信,却偏要讲出来让他反驳。可是这次说起夜行者,她似乎十分认真。不对,夜行者不是幽灵,他们都是活生生的人,是由于得了恶性精神疾病无法自控。这些人的身份都是保密的,因为一旦你所在的族群发现你是个夜行者——哇哦,你就有大麻烦了!有一次,在邻村的邻村的邻村,人们抓住了一个夜行者,一通酷刑差点没把那个人弄死,直到天光放亮才发现那个夜行者是一位牧师的夫人,平时可受村里人尊敬了。

见格蕾丝如此笃定，亚伦的怀疑渐渐地开始消解。他问格蕾丝怎样才能摆脱夜行者的纠缠。格蕾丝开始讲起一个复杂曲折的故事，她说最好的夜行者都是两人结对行动的，他们有一套完整的仪式避免被抓。但说到这里，她戛然而止，绝望地摇了摇头。"不对，真正的问题在于，要阻止夜行者实在太难了，因为你一旦开始追他们，他们就会变成猫啊鸟啊甚至猎豹啊什么的，人怎么可能抓得到？"

说完，格蕾丝扑哧一声笑了出来。

"格蕾丝！这一点都不好笑！"

格蕾丝用手拍着桌子："你说错了！这很好笑啊。你就是太严肃了。'哦天啊，有个孩子冲我学猫叫！''哦天啊，有人晚上敲我的门！'在这个世界上，比被人追着学猫叫更糟糕的事情太多了。好吧，你遇到了一点麻烦，别人还不能笑一下？"

"我只是觉得你可以再多一点同情心。"亚伦将剩下的可乐一饮而尽，阴郁地说。

第二天早上，经过了一夜八个小时的安眠，亚伦下定决心到学校去碰碰运气。不过他并没有去六班教室,而是不请自来地去了校长办公室。亚伦进门时,校长的两只脚正搭在办公桌上,可以清晰地看到其中一只鞋的鞋底粘着一块口香糖。"亚伦老师!"校长惊讶地叫道,"你的疟疾病情怎么样了?"

"我没得疟疾,"亚伦说,"另外我感觉好多了。不过我需要跟您谈一谈六班的姑娘们。她们的行为已经失去了控制。"校长仰靠在椅背上仔细听着,亚伦开始逐条陈述六班女生们的"罪状"。朝他扔东西、学他说话、提粗俗的问题、拒绝写作业,对他缺乏基本的礼貌。当亚伦说到琳内特朝他学猫叫时,校长皱起了眉头,但是当亚伦讲到有人晚上到他家骚扰他时,校长本来搭在桌子上的脚"咣"的一声落到了地上。

"天哪!"校长惊叹道。"这太过分了。有人这样骚扰你,你怎么睡得着?竟然有人在你门前整晚不停地咣咣敲门?"

亚伦正要附和,可是还没等他开口,校长就继续说了下去:"这可不是小事,挺严重的!这是我们的社群中真实存在的一个问题,就是这个夜行者的恶习!"

亚伦听到此话顿时泄了气,校长的脸上则绽放出大大的笑容，露出他满口湿润、反光的牙齿。他握了握亚伦的肩膀。"我的朋友。如果你想让你的班级守纪律，就必须得狠狠收拾她们！下回再有小姑娘冲你喵喵，你上去就——啪！"说着，他举起报纸在空中挥动了一下。"我估计，你只要这样来上一次，夜行者晚上就不会光顾啦。"

亚伦败兴而归，回到教室。换作平日，他离开这么久，姑娘们早就乱成一团了。但是今天，所有人都一本正经地坐在自己的位子上，双膝紧紧夹着，双手交叉放在身前。五十双眼睛目送着他走到教室前面。大概是叛逆期结束了，她们可能认识到自己的错误了。

"下午好，姑娘们。"亚伦先开了口。

伴随着一阵脚步挪动的声音以及桌椅的咯吱响声，六班全体学生整齐划一地起立，向他问好。

"喵！"

亚伦当场狂怒，一把抓住了离他最近的默西·阿金依——就是那个深爱着莫西·奥乔的姑娘。默西尖叫着把手指抠进他的手掌里，但他不由分说一把将她扯过来，拽着她往教室门的方向走。二人都快走进院子了，其他学生才反应过来。她们一股脑地追了上来，七嘴八舌地大喊着把他团团围住。口水、废纸和鞋子在他身边飞来飞去，只不过此时亚伦所有的心思都放在控制眼前这个仍在不断挣扎的小姑娘身上。

其他班级的学生听到吵闹声都跑出了教室，同样好奇的老师们根本没有试图阻拦她们。在全校师生的注视下，亚伦抓着默西反背在身后的双手，把她一直搡到院子中间，并依照惯例把她的双手举过头顶，绑在了旗杆上。默西的蓝白格子裙下摆移到膝盖以上，露出了双腿光滑的棕色皮肤。她周围的地面上，散放着几十根细木棍，那都是之前的体罚留下来的。亚伦抄起一根细木棍，压在了默西的腿上。皮肤之下，她健壮的腓肠肌抽搐了一下。

亚伦感到有点反胃。他觉得自己可能会把五脏六腑都吐个干净。尽管如此，他还是举起了手中的细木棍，抽打下去。挨打的默西抬起头，冲他微微一笑。

"喵。"她轻声说。

他果然还是办不到。亚伦扔掉了木棍，径直走回家。

当天晚上，格蕾丝没来，不过夜行者来了。第二天一早，亚伦打开房门，意外发现门廊竟然干干净净——直到他循着一股恶臭味，转头看到他住所雪白的外墙上，在齐臀高的位置上被人抹了棕色的秽物,四面墙都没落下,正好围了一个圈。

亚伦走进屋里给和平队的指导员打了个电话。他说他已经成了村里骚扰的目标,他觉得自己没有什么能为这个村子做的了,他想回家。他本以为对方会说服他留下,告诉他他所做的一切都是有价值的,但是指导员并没有。虽然和平队只留他孤身一人在村子里闯荡,但只要他想退出,相关的流程就会启动,仿佛是他拉动了机关、激活了一台复杂机器的内部运转。他的指导员只是询问他是否感到在村子里不安全,或者是否有轻生自残的念头,得到了他否定的回答。她告诉亚伦第二天到她的办公室,填好相关文件就可以。整个过程真的无比简单。他的和平队生涯就这样结束了。

亚伦挂掉了电话,打了一桶温热的肥皂水,换上一条旧T恤,然后来到外面,蹲在墙边一点一点把墙上的污渍擦干净。他并没有感到恶心或者嫌恶,只觉得麻木而不屑。用这种方式把他赶出村子是他们自己的选择。正如体罚孩子是一种选择,进行无保护措施的性交也是一种选择。这是他们自己选的,他对自己说。从他嘴里说出来的每个字此时都感觉像是挂在他嘴边的血。

* * *

他在村里的最后一天已经时至黄昏。亚伦最后一次走进村庄，买了一张烤饼和一瓶可乐。接着，他转念一想，又给格蕾丝买了一份烤饼和可乐。亚伦有点好奇，如果格蕾丝听说他要走了，她会怎么说？不知怎的，她惊讶的声音再次回荡在他的脑海中：怎么，和平队培训的时候没教你们这些？

没有啊，格蕾丝，他心想。真正有用的东西他们一点都没教给过我。

那一晚，格蕾丝又没有来，甚至连最近频频上门的夜行者最初也没有出现；房间里只有令人窒息的热浪，顽固地不愿离开。闷热中，亚伦开始感到难以呼吸，但他又不敢打开窗户，只好脱得只剩内裤，又在自己已经被汗水浸透的额头上敷了一条毛巾，蹲坐在垫子上。他的大腿上放着一件从杂物棚里找到的工具：一把刀刃扁平的长刀，当地人称之为"割草刀"。他对指导员讲的都是实话：他并不觉得自己待在村子里不安全，但他的确深感恐惧、羞耻、无助，而且，他已经厌倦了这样的情绪。

午夜刚过，敲门声再次起。从门敲到窗户，一刻不停。

咣咣咣。敲门、敲窗、敲窗、敲门,直到整栋房子都被一阵令人心烦意乱的敲击声环绕。谁能移动得这么快啊!这是六班女生集体出动,来郊游了吧?亚伦的眼前再次浮现出双手被绑在旗杆上的默西扬起头瞥他的样子。即便在他暴怒得难以自控,出手打她的时候,她也并不怕他。而此时此刻,他却躲在家里,像懦夫一样不敢出门。我是来帮助你们的啊,他心想。此时,敲门声已经像一对展开的翅膀一样包住了整个房间。亚伦站起身,像扛棒球棍那样把割草刀扛在肩膀上,蹑足潜踪地向房门靠近。

等待。
等待。
咣咣咣。
就是现在。

亚伦一把推开房门。两条棕色的光腿在他面前一闪而过,裸露在外的脚趾不断扭动着。其中一只脚突然朝他面门踢来,珍珠色的指甲抓到了他的脸颊。亚伦尖叫着,漫无目的地疯狂挥动割草刀——但定睛细看时,那两条腿已经不见踪迹,只留他盯着空无一物的门口、漆黑的夜晚、伤痕累累的门框以及钉在上面的铁质刀刃。

亚伦蹲坐在地,大口大口喘着粗气。他恶狠狠地朝地面上吐了一口口水。若不是他刚才没有得手,那女孩儿的断腿早已掉落在地。但一想到刚才差一点点就发生的事情,亚伦不禁颤抖,一股恶寒仿佛电流一般绕着他的脊背打转。如果他刚才真的得手了,又将如何呢?骨断筋折。惨叫连声。暗红色的鲜血喷涌一地。

但她毕竟逃脱了。她现在跑到了房顶上,并且用雨滴一样的滴答声替代了咣咣的敲门声。他跌跌撞撞地走到院子里,刚好看到一个娇小的黑影爬过斜顶。虽然她已经不在亚伦视线之内,但她很可能是困住了,毕竟房子的墙壁太高了,恐怕任何女孩子都爬不上去。

"默西?"他用哀求的声音说,"琳内特?罗达?下来咱们聊聊。拜托了。"

房子的另一边传来"砰"的一声闷响,好像有人从房顶跳落到了地上。亚伦堵住了离开的路,三步并作两步朝声音的方向奔去。照理说,她只要稍一移动就会被他看到——但突然间,他背后传来了一个声音。先是一声轻柔的笑声,接着便是一句低声的嘲讽:"喵"。

本以为已经消散的怒火再次在亚伦心中涌起。他伸手去抓她，她转身逃走，他则紧追不舍，追出院门一直到大街上，忘了他此时光着脚、只穿了一条内裤。他忘了其他所有的事情，他的心中只有恼怒。

她沿着黑漆漆的街道跑着，他跟在后面只能看到她模糊的轮廓——最初是小孩儿的体型，而后变成了成年男子的块头，接着像猫一样娇小，最后又变回了小女孩儿。他跟着她跑过空旷的街道，经过已经关好窗户的住户以及闭门落锁的商铺，钻进被露水打湿的低矮灌木丛，穿过更高一些的小树林。枝丫钩挂着他，卷进他的头发，在他胸口留下鞭打一样的细细血痕。他跑啊跑啊，穿过教堂和垃圾场，跑进一片玉米田。他不顾细嫩的玉米叶子像刀片一样划在他的腿上，翻过一面墙，来到了一片被篝火照得通明的场院。

亚伦眨了眨眼睛，赶忙用手挡住了耀眼的光亮。一开始，他甚至分不清哪些是影子，哪些是真人。火光摇曳中他终于看清，一个最初他以为是瘦高男子的轮廓原来是一根旗杆。他又眨了眨眼睛，这才意识到这片场院非常眼熟，后面的建筑更是再熟悉不过。围在庆典篝火旁的，是六班的女生。她们旁边还有五班、七班、八班的女生。很多女生手里拿着可乐和芬达。她们的小嘴油光发亮，显然是刚吃过火上烤的山羊肉。

原来这是一场庆祝学期结束的聚会。亚伦蹲在她们面前，大口喘着粗气，此时她们也看到了他，惊愕地瞪大了双眼。其中一个女生用手指着他，她的面孔因恐惧而扭曲，然后发出一声恐惧的抽泣。亚伦转身向自己背后看，但就在那一瞬间，他便已经相信了格蕾丝故事中所讲的一切。亚伦看到他背后空白的墙壁，这才想起自己是循着夜行者的踪迹才来到此地的。

有几个年纪小一些的女孩已经吓得大哭起来。但罗达·库东多勇敢地朝着亚伦叫道："嘿！夜行者！"人群随之发出阵阵嘲讽和奚落。

亚伦低头看了看自己，终于明白了女生们为何会有此种反应：此时的他已经形如幽灵，是一个浑身灰白、长着猫一样眼睛的怪客。浑身上下仅剩的内裤破破烂烂、沾满泥土；头发里、双腿上都沾着枯枝败叶。愈发强烈的羞耻感让他遍体通红。女生们越来越大声，仿佛声浪可以在她们身边竖起一道保护的围墙。姑娘们真勇敢啊，亚伦不知为何起了这样的念头。她们竟然可以化恐惧为欢笑，变哭泣为嘲讽。

"喂！"场院远处的角落里传来轻声的呼喊，"亚伦！"

他循声望去,看见一个包裹在黑暗中的身影。起初,他以为那是哪个班的女生,但随后她笑了,他这才认出她的长腿,以及微笑时张开的嘴巴。

"嘿!"那个黑影又叫了一声。她冲他招了招手,说了一句斯瓦希里语。

Ukimbie nami(跟着我跑)。

Ukimbie nami(跟着我跑)。

不害怕他的格蕾丝。嘲笑他、给他讲故事、捉弄他、吓唬他的格蕾丝;不哭也不怒,只是一个劲儿奔跑的格蕾丝。明天,他将踏上回家的漫漫旅途,但今晚,只有他能看到格蕾丝赤身裸体跑过场院的一幕。

今晚,他追着她的身影跑了起来,像猫一样轻盈。

坏小子

一天晚上，一个朋友来到我们家。他终于跟那个渣女分手了。这是他们第三次分手，但他仍然坚持认为这次打击会伴他一生。他在我们家的厨房里来回踱步，细数着两人在一起的六个月里她对他的百般凌辱和折磨，我们则时而惊讶、时而忧伤，满脸同情地看着他。等他去卫生间冷静一下的工夫，我们立马瘫倒在一起，翻着白眼、吐着舌头，恨不得马上自杀。听这个朋友抱怨分手的细节就像是在听一个酒鬼抱怨宿醉：是，这事儿是挺痛苦，可你是如何走到这步田地的你自己心里都没点数，别人对你怎么能同情得起来？他什么时候才能明白，招惹了烂人就要有相应的心理准备？等他从卫生间出来，我们给他调好了那晚的第四杯酒，告诉他他喝得太多了，可以先在我家沙发上住一晚，明天醒了酒再开车回家。

当晚，我们躺在床上，聊着那位朋友的事。我们抱怨房子太小，抱怨他在外面我们没法做爱。或许我们可以不管他，尽管去做——毕竟这是他过去几个月里距离性生活最近的一次（拒绝性生活是他那个女友控制他的手段之一）。也许他会高兴的。

第二天一早我们起床准备上班的时候，那位朋友仍在酣睡。他衣衫不整，沙发四周散落着捏瘪的啤酒罐。不用问，昨晚我们睡下后，他又一个人喝了好久。看着他可怜巴巴地躺在那儿，我们都为昨天晚上开他的玩笑感到羞愧。我们特意为他多煮了一些咖啡，还给他准备了早餐，临走时告诉他想在这儿待多久都行，但我们下班回到家发现他还躺在沙发上，仍然有点意外。

我们把他从沙发上拉起来、推进浴室，然后带他出去吃晚饭。饭桌上，我们告诉他不要再讲分手的事情，并且发动魅力攻势：他讲的笑话我们都哈哈大笑，为了让他痛快特意多点了一瓶酒，并给他提供人生建议。你值得一个能让你幸福的人，我们告诉他，你应该找一个爱你的人，开始一段健康的关系——说到这里，我俩不约而同转向对方，深情对望了一秒。他就像一只悲伤不已、渴望友善和褒奖的小狗，而看着他急不可耐地把我们的关怀照单全收，我们也感觉十分欣慰。我们喜欢抚摸着他柔软的脑袋，轻轻抓挠他耳朵后面的皮毛，看他兴奋地扭来扭去。

吃完饭，我们意犹未尽地邀请这位朋友跟我们一起回家。一到家，他就问我们今晚能否在我家的沙发上再留宿一夜。在我们的追问之下，他坦白道他不想一个人回家，因为他一回家就会想起跟前任的种种过往。我们说，当然可以。你想住多久都行，毕竟我们的沙发床就是为此准备的。但趁他转身的工夫，我们相互交换了一个无奈的眼神。因为虽然我们都希望他过得好，却无法忍受第二个被打搅的夜晚。我们都喝醉了，扮好人让我们心力交瘁，于是早早上了床，跟他道晚安的方式都仿佛明明白白地告诉他我们今天晚上就是要做爱。一开始，我们还努力控制音量，但很快，我们感觉这样努力保持安静、时而相互傻笑着捂住嘴——似乎反而更加引人注目，不如干脆自然一点，于是便彻底放开了。老实说，一想到他在门外黑暗中听着我们的喘息和呻吟，我们都忍不住更加兴奋了。

第二天早上难免有些尴尬，但我们告诉自己，没事，也许昨天晚上的事能让他知趣地回家，甚至还能激励他奋发图强，找一个愿意和他过性生活的女朋友。但不乘想当天下午他给我们发短信，问我们晚上有什么安排。不多时，他就变成了我们家的"常客"，几乎每天晚上都会来。

一般我们会先给他做晚饭，吃完之后三人一起开车出去转转，我们坐在前排，他总是一个人坐在后排。我们开玩笑说应该给他点零花钱，给他安排点家务，还说应该跟通信公司商量修改我们的电话合约，把他的号码加成亲情号，毕竟我们每天都在一起待这么长时间。我们还说，应该监督他不要再给前任发信息了——虽然他们早就分手了，但还是保持联系，而且还经常煲电话粥。每次说起这件事，他总是满口应承会跟前女友一刀两断，还发誓他很清楚这样对他没有好处，但说完便立马接着给那个女人发信息。尽管如此，我们还是很高兴能有他的陪伴。我们喜欢对他发牢骚，喜欢照顾他，喜欢在他做错事——比如给前任发信息，或者熬夜太晚导致第二天翘班——的时候骂他。

我们不顾他与我们同在一个屋檐下，继续旁若无人地做爱。说真的，那段时间我们的性生活质量前所未有地高。我们一边做一边想象着隔壁的他把耳朵紧紧贴在墙上，在嫉妒、欲望和耻感的三重折磨中辗转反侧。这甚至成了我们性幻想的核心。我们并不知道真实情况是否如想象的那般——也许他用枕头堵住了耳朵，想屏蔽掉我们的喘息和呻吟；或许我们低估了家里墙壁的隔音能力——尽管如此，我们还是默契地维持着幻想的游戏，挑战对方敢不敢趁着遍体绯红、气喘吁吁的时候离开卧室，从冰箱里拿水，顺便看看他到底睡没睡。如果他还醒着（几乎每一次他都是醒着），就随便跟他聊几句，然后一溜烟地冲回床上，嘲笑他一番，然后猴急地再来一次。

这个游戏的无穷乐趣让我们不由自主地开始加码，比如半裸或者裹着一条浴巾便走出卧室，把房门留一道缝。在度过了一个格外销魂的夜晚之后，第二天我们会问他前一天睡得好不好，或者问他梦到了什么。这种时候，他总会目光呆滞地环顾左右，然后说，我忘了。

"他也想加入床上游戏"——原本不过是我们的幻想。但奇怪的是，过了一段时间，我们开始对他的忸怩作态感到恼火。我们明白，我们必须采取主动，否则什么事也不会发生。毕竟我们二比一，人数占优；其次这是在我们的家里；最后，这是我们三个之间唯一的相处模式：我俩予取予求，他只有俯首帖耳。尽管如此，我们仍然迁怒于他，故意找他的麻烦，责备他扫了我们的兴，用更加残酷的手段捉弄他。

我们问他，你什么时候才能找个新女朋友啊？上帝啊，你单身了这么久，已经快要疯了吧？不想从我家的沙发上爬起来？你就躺这儿等死吧。晚上上床之前，我们会双手抱胸站在他面前，故意装作生气的样子对他说，你最好乖乖的别闹事，这可是张好沙发，明天早上起来可别让我看见上面有什么奇怪的斑点。我们甚至会当着别人（比如漂亮姑娘）的面，拐弯抹角地这样说。比如我们会说，跟她说说我们家那张沙发，说说你是多么爱它。你特别喜欢在上面趴着，对吧？每当这时，他都会尴尬地点点头说，是啊，我确实喜欢那张沙发。

直到有一天晚上我们都喝多了，烂醉如泥，于是便再次抛出了那个问题，想让他坦白：你就承认吧，你每天都在外面听着，对吧？你个变态，偷听我们，都快要疯掉了，你以为我们不知道？说到这儿我俩稍稍愣了一下，因为这是我们第一次告诉他，我们知道他在偷听，而且我们本来没想说得这么直白。他什么也没说。于是我们更加肆无忌惮——一边晃着手里的啤酒一边对他说，你这边的动静我们也都听得一清二楚，你一边喘着粗气，沙发一边吱吱作响，哎呀，这没什么，我们不介意，我们知道你饥渴难耐，但问题是，你别装乖了行吗？说完我俩都笑了，疯狂地大笑，又痛快地喝了一轮。然后我们想到一个新的点子：既然他偷看过了——还偷看了不止一两次——他也得让我们看看，这样才公平。他应该给我们演示一下，他背着我们，在我们的沙发上干了什么。我们不断地嘲笑他、怂恿他、挑逗他，就这样仿佛过了好几个小时。他越来越六神无主，却并没有拂袖而去，而是一直静静地坐在沙发上。直到他伸手开始解裤子拉链，我们这才感到一种前所未有的紧张。我们强忍着看他继续，直到再也忍无可忍，跌跌撞撞地冲进卧室，没关门就干了起来。不过这一次我们并没有对他发出邀请，因为我们只想让他站在门外，远远地往屋里看。

第二天早上气氛有点微妙，但我们推说醉得太厉害了、完全断片了，好歹糊弄过去了。他吃完早餐便离开了，一连三天没有回来。第四天晚上，我们发信息给他，约他出来一起去看了场电影。第五天晚上，他就回来了。我们对先前的事避而不谈，只是默契地各自喝着酒，仿佛对即将发生的事情都心照不宣。我们不停地喝，认真地喝。时间一分一秒地过去，气氛变得越来越严肃、越来越紧张，但我们对他的想法也越来越确定。终于，我们对他说："进去等着。"等他先进了卧室，我们又花了很长时间喝完杯中的酒，静静地回味着，平心静气，然后才一起走了进去。

我们首先约法三章：哪些事他可以做，哪些事不可以做。大多数时候他基本什么都不能做，只是在一旁看着；有时甚至连看也不能看。我们就像两个暴君，设定条条框框，朝令夕改，看他疲于应对，并从中获取快感。起初，这样的夜晚就像是真实生活边缘摇摇欲坠的气泡，诡谲怪异，是无法对外人诉说的阴暗秘密。但大约一周之后，我们开始规定他白天必须遵守的规则，一个充满无限可能的全新世界就此展开。

一开始，尽管我们的命令与平日一样，包括起床、洗澡、刮胡子、不要给前任发信息等等。但每句出口的号令都好像带着电，都仿佛会发光。我们的要求越来越多：他应该去买几件我们为他挑选的漂亮衣服。他应该剪头发。他应该给我们做早餐。他应该把他睡的沙发周围打扫干净。我们为他制定日程，并且不断细化再细化，一直细化到他吃喝拉撒睡都只能在我们规定的时间进行。这样的安排似乎有些残忍，但他毫无怨言地默默接受了。没过多久，他就在我们的照顾下变得生机勃勃。

他急于取悦我们的百依百顺起初让我们非常受用，但渐渐地，我们开始感到恼火。他一成不变的老实听话让性失去了初体验时那令人头晕目眩的冲突和刺激，变成了索然无味的例行公事。没过多久，我们又忍不住开始拿他开玩笑了，说我们就像他的父母，说他像婴儿一样幼稚无助，给他立下了更多规矩：在沙发上能做什么、不能做什么。我们的规则开始变得难以遵守，甚至完全是故意为了惩罚他而定的。"你这个坏小子，看看你都干了些什么。"我们会这样挑逗他说。这个游戏又持续了一段时间。我们想尽了各种点子惩罚他，但即便如此，惩罚的方式也随着时间的推移变得越来越过火。

有一天，他给前女友发信息被我们抓了个现行。我们查了他的手机发现，他们竟然一直在联系——他当初可是信誓旦旦地保证跟她一刀两断了啊！我们怒火攻心，感到了深深的背叛。我们让他在桌对面坐下，说："你不是非得跟我们待在一起，我们也没有强留你的意思，说真的，你想回家就回去吧，我们根本不在乎。"

"对不起，"他说，"我知道不应该再跟她来往了，我不想走。"

说着，他哭了起来。

"对不起，"他又说了一遍，"求求你们别赶我走。"

好吧，我们答应了他的请求。当晚，我们对他做了非常过分的事，连我们自己都觉得过分的那种。第二天早上，我俩满心懊悔，但看到他又觉得有点恶心。我们干脆让他先回去，什么时候我们想理他了自然会再联系。

但是他刚一回家，我们就感到了难以忍受的无聊。头两天，我们想尽各种办法追求刺激，但是少了他的旁观，无论做什么似乎都没有了意义，我们甚至完全感觉不到自己的存在。我们几乎无时无刻不在探讨他的事情，猜测着他究竟出了什么问题，谈论着他的怪异之处。最终我们定下决心，无论接下来要做什么，都要按正确的方法去做：定期开家庭会议，设置安全词，好好询问彼此的感受。他离开后的第三天，我们把他叫了回来。我们满心善意，但过分的礼貌让所有人都感到极度不适，最后只有一头扎进卧室，重复着三天前还让我们深恶痛绝的事情才能缓解尴尬紧张的气氛。

之后我们继续变本加厉。他就像是我们抓在手里的一件光滑的物件，捏得越紧就越容易从指缝中滑落。我们痴迷地追逐着他内心深处的抵触和反抗，就像因为气味的吸引而变得疯狂的狗。我们大胆地试验——用铁链和玩具进行充满痛苦和伤痕的试验——然后不顾彼此身上浸透的汗水，像暴风雨过后被卷上海滩的垃圾一样瘫倒成一团。这样的时刻有一种独特的静谧，房间里鸦雀无声，只能听到我们此起彼伏却又逐渐缓和的呼吸。接着我们会把他轰走，但二人世界维持不了多久，将他撕成碎片的强烈欲望又会在我们心头集聚。无论我们对他做什么，他都毫不反抗。无论我们让他做什么，他永远、永远都是言听计从。为了自保，我们竭尽全力地把他推开，让他远离我们。我们不再跟他一起外出，不再跟他一起吃饭，也不再跟他讲话。

我们只在想要的时候才会给他打电话，长达数个小时的残忍折磨之后再打发他滚回自己家。我们要求他随叫随到，像玩悠悠球那样把他支使得团团转：滚蛋，回来，回来，滚蛋。我们与其他朋友彻底断绝了往来，上班成了我们放松心情的休闲时光。他不在的时候，我俩精疲力尽地相对而视，只有一部褪了色的黄片在脑海中无限循环。

终于，他不再秒回我们的信息。开始是五分钟之后，然后是一个小时，直到最后有一天他回复说："我今天晚上可能没办法过去了，对不起，我的脑子真的有点乱。"

这下我们慌了。彻底慌了。我们焦躁地在屋里踱来踱去，把玻璃杯摔得粉碎，大喊着："他在想什么啊，什么鬼东西，他不能这样对待我们！"我们再也回不去了，再也回不到无人旁观的平庸房事，回不到只能相互撕扯的二人世界。我们越想越恼火，发疯似的给他连打了二十个电话，但他还是没接。最终，我们决定：不行，这完全不可接受，我们必须得去找他，绝不能让他这样躲着我们，必须弄清楚到底发生了什么。我们气急败坏，但愤怒中夹杂着对这场"狩猎"的兴奋、甚至是狂喜：一件不可逆转的爆炸性事件即将发生。

他的车就停在他住所的楼下，他的房间亮着灯。我们站在街边一遍又一遍地喊他的名字，他默不作声。我们干脆掏出了以前帮他浇花、取邮件时拿到的房门钥匙，打开门直接走了进去。

他和前女友在卧室里。我们进屋时，二人一丝不挂，他正趴在她身上疯狂耸动。跟我们一起经历过的那些夜晚相比，眼前的景象无趣得可笑，我们忍不住哈哈大笑起来。

那个女人先看到了我们，吃惊地尖叫了一声。

他从她身上翻下来，大张着嘴，却什么也说不出来。他的惊恐万状让我们感到些许快慰，但要用这来熄灭我们的怒火，仍然是杯水车薪。女孩儿连忙扯过被单遮住了身体，她最初震惊中的只言片语逐渐变成了责骂的狂风骤雨。"你们怎么回事，"她冲我们吼道，"这他妈的怎么回事，你们来干什么，你们俩都是变态！那些事他都跟我说了，真恶心，赶紧滚，这里没你们什么事儿，你们这两个疯子，滚蛋滚蛋滚蛋。"

"闭嘴。"我们说，但是她置若罔闻。

"求求你，"我们的朋友哀求着她，"求求你，不要再说了。我已经无法思考了。拜托。"

但她仍然不愿善罢甘休。她喋喋不休，一个劲儿地对他、对我们、对之前发生过的所有事品头论足。原来他一边跟我们聊她的事情，另一边也在跟她讲我们的事情。现在倒好，她什么都知道了，就连我们两个之间都羞于启齿的事情她也一清二楚。我们以为他对我们毫无保留，但实际上，他一直在说谎，这件事他一直瞒着我们，原来我们才是真正的毫无保留。

让她闭嘴，我们慌张地大喊。让她别再说了，让她闭嘴，马上，立刻！我们紧握双拳，怒视着他。他不停颤抖着，双眼含泪。接下来发生的事情瞬间熄灭了我们焦灼的怒火，让一切重回正轨。

让她住嘴！我们再次命令道——他照做了。

他一下扑在她身上，两人顿时打成一团，乱打乱挠，打得床铺直摇、床头灯乱晃。然后双方进入势均力敌的僵持阶段，他的前胸压着她的后背，手臂卡住她的脖子，把她的脸压进了床垫里。

很好，我们说。就这样继续。保持住。

不要因为我们在旁边就分心。这不正是如你所愿吗？你知道，这就是你想要的啊。所以，别停，坚持到最后，做事情要有始有终。

他咽了口唾沫，看着身下已经停止挣扎、静止不动的女人，看着她乱成一团的金发。

求求你们,别逼我,他说。

我们要的就是这个:我们期盼已久的轻微的反抗。只不过在结尾才出现,难免有点扫兴。毕竟他趴在那里,如此卑微渺小,而我们是这个世界的主宰。那一刻,掌握了他生杀予夺大权的我们完全可以潇洒地凯旋——但我们没有离开,就这样看着他按照指令行事。没过多久,女人的皮肤变得惨白,只有大腿上浮现出瘀青的斑块;她的身体完全停止了自主活动,原本紧攥的拳头渐渐松开,苍白的手指舒展开来。但他仍然没有罢手;日出日落,斗转星移,直到空气中开始弥漫着浓烈的气味,我们仍然把他留在原地,看着他按照指令行事。等到我们终于叫停的时候,她的双眼已经变成了蓝色的弹子,干瘪的双唇露出牙齿和牙龈。他从她的身上下来,哀号着,失神地似乎想找个窟窿钻进去,躲开她,躲开我们。尽管如此,我们仍然轻拍着他的肩膀,轻抚着他汗湿的头发,轻轻拭去他脸颊上的泪水。我们吻了吻他,把他的胳膊环抱在她的身体上,让他的脸紧贴着她的脸。你这个坏小子,我们一边转身离开一边轻柔地对他说:

看看你都干了些什么。

瞧你的把戏,姑娘 ———

一九九三年十二月，杰西卡十二岁。二十四年前，曼森杀人案①震动天下；五年前，希勒尔·斯洛瓦克②死于海洛因服用过量；七个月之后，科特·柯本③将开枪自杀；三周后，加州佩塔卢马的一名男子将持刀闯入一场小孩子的过夜聚会，并当场绑走女孩波莉·克拉斯④。

　　杰西卡一家原来住在圣何塞，在那里，六年级的杰西卡是班上最受欢迎的女生。但跟着家人搬到了圣罗莎之后，杰西卡不得不在几类朋友之间小心周旋：招人喜欢的朋友

---

①查尔斯·曼森（Charles Manson，1934—2017），美国邪教头目，组织了位于加州的"曼森家族"（Manson Family）邪教组织。一九六九年七八月间，"曼森家族"成员在加州四个不同地点残忍杀害九人——其中包括著名导演罗曼·波兰斯基的妻子沙朗·塔特及其八个月大的胎儿。
②希勒尔·斯洛瓦克（Hillel Slovak，1962—1988），以色列裔美国音乐家，红辣椒乐队创始人之一。
③科特·柯本（Kurt Cobain，1967—1994），美国歌手，摇滚乐队"涅槃"（Nirvana）乐队的主唱兼吉他手、词曲创作人。
④波莉·汉娜·克拉斯（Polly Hannah Klaas，1981—1993），美国绑架杀人案受害人。一九九三年十月一日，波莉在母亲家与另外两位朋友进行睡衣会时被理查德·艾伦·戴维斯用尖刀威逼劫持，之后被戴维斯绞杀。该案引起美国社会强烈反响。

对她爱答不理，乐队的朋友对她不错却都很无聊；还有一种她心里默默认定的"损友"，最有魅力但人品最差，开的玩笑像钉子，句句伤人。她跟这帮损友在一起总是待不长，疯一阵就感觉筋疲力尽、无名火直冒，必须找乐队的朋友帮她治愈。

杰西卡家住在洛米塔高地一座亮黄色的维多利亚式风格的小楼里。每天她都在曲棍球训练结束后回到家，把书包里的作业本倒在床上，然后重新装上她的随身听、黑色CD夹、从图书馆借来的书、一个苹果和三片奶酪。准备完毕后，她就一路跑到三个街区之外的公园，那儿常年有一帮滑板爱好者活动。到了公园，她在螺旋滑梯边坐下，拿出自己想听的音乐、想看的书。她有十七张CD，但一般只听其中三张：《Blood Sugar Sex Magik》[1]、《运用你的幻想I》[2]以及《别介意》[3]。她喜欢的书大多是从科幻、奇幻类书架上找到的书脊破损的平装本，讲的都是些男孩子走上人生巅峰的故事。

公园里的滑板手年纪都比她大，大概十三四岁的样子。

---
[1] 红辣椒乐队一九九一年推出的专辑。
[2] *Use Your Illusion I*，枪花乐队（Guns N' Roses）一九九一年推出的专辑。
[3] *Nevermind*，涅槃乐队一九九一年推出的专辑。

他们彼此大声喊叫着，踩着滑板从水泥栏杆上滑下来，发出一阵阵刺耳的摩擦声。有时他们会掀起上衣擦脸上的汗，露出小麦色的平坦腹肌。偶尔会有人把滑板卡在栏杆上，整个人向前飞出，摔个狗啃泥，在人行道上留下一片鲜红。从没有人跟杰西卡说过一句话。她就坐在那里，听着歌儿，假装看书，盯着他们看上一个小时，然后回家。

第一次见到他的时候，她正在拆封一张枪花乐队的新专辑。她用指甲划开包装纸，刚要用牙咬开塑料膜，无意中看到运动场另外一边的他正盯着她看。她以为他也是玩滑板的。他个头跟那些滑板爱好者差不多，而且同样是瘦长的身材，只是他的头发更长，已经到了披肩的程度。等他避开午后的阳光走进了阴凉，她才意识到他至少已经二十多岁了——尽管年轻，但已经是成年人了。他发现她在看他，挤了挤眼睛，用拇指和食指比画成手枪的样子，开了一枪。

三天后，就在她听新专辑[1]的时候，那个男人不知道从哪里冒了出来，盘腿坐在螺旋滑梯旁边的沙地上。"嘿，姑

---

[1] 此处"新专辑"应指枪花乐队一九九三年推出的《The Spaghetti Incident?》，专辑收录了枪花乐队翻唱 The Stooges、New York Dolls 等朋克先锋的歌曲，并包含一首没有收入歌单的隐藏曲目——乐队主唱艾克索·罗斯翻唱的查尔斯·曼森的《瞧你的把戏，姑娘》(*Look at Your Game, Girl*)。

娘,"他说。"听什么呢?"

她大吃一惊,一时说不出话来,只能打开CD机的盖子,给他看里面专辑的封面。

"哦,真棒。你喜欢他吗?"

这句话正确的说法应该是:你喜欢他们吗?——毕竟枪花是个乐队,不是一个人。尽管如此,她还是点了点头。

他的眼睛是蓝色的,不过神色有些暗淡,笑起来时眯成了一条缝。"这就对了,"他说,"我就知道。"

他说这话的样子让她觉得,或许他真的懂——不是懂她对枪花乐队的喜爱,而是懂她对艾克索①的感情:他撕扯紧身T恤的样子,他那丝般顺滑的金红色头发。

"他声线不错。"她说。

男人皱了皱眉,似乎在思考。"确实。"他说。

接着他问道:"这张专辑好听吗?"

"还不错,"她说,"主要是翻唱的别人的歌。"

"你不喜欢?"

她耸耸肩。他似乎在等待她进一步的回答,但她没有什么要说的了。她张了张嘴,好像要说"你这个岁数跟我

---

①艾克索·罗斯(Axl Rose, 1962—),枪花乐队创始成员、主唱,摇滚歌手、歌曲创作人、唱片制作人。

聊天是不是不太合适？"或者"你不知道来这里的都是小孩儿吗？"之类的话，但最后脱口而出的却是："这张专辑里有一首隐藏曲目。"

他挑了挑眉头。"哦？真的？"

"真的。"

她等着他问她能不能让他听听，或者问她什么是隐藏曲目，但是他什么都没说。他只是一言不发地坐在那儿，让她觉得自己很蠢。她干脆戴上耳机，调到专辑最后一首歌，按住快进直到最后一首歌结束后耳机里再次传出了声音。她把耳机递给他，他点了点头。就在递耳机的过程中，二人指尖轻碰。她仿佛触电一样赶紧把手抽了回来，而他则好像有点难过地朝她微微一笑。他张开耳机戴在头上，耳垫直接埋进了他的乱发中。

"准备好了吗？"她问，"开始了。"

她按下了播放键。他闭上眼睛，双手捂着耳机，身体开始左右摇摆。他舔舔嘴唇，嘴巴一张一合，模糊地跟唱着，手指扬起在空中轻轻地舞动，仿佛在按着吉他颈部的琴弦。他陶醉的样子在旁人看起来有点尴尬，她看了没多会儿就看不下去了，只能把目光往下放，盯着他的脚。她这才发现，他是光着脚的，脚趾之间的缝隙中塞满了泥土，指甲又黄又长。

一曲结束,他把耳机交还给她,敲了敲她的随身听,说:"我还是喜欢原唱。"

他边说边看着她。她一时不知道说什么好,他则步步紧逼。"你知道我说的是什么吧?"

"封面内页里没说这个。"她承认道。

"这么说,你没听过?那首歌的原唱你竟然没听过?"

她摇了摇头。

"哦,姑娘。"他说"姑娘"这个词的时候故意拉长了声音。"天啊,姑娘,我真替你可惜。"

她开始收拾自己的东西。

"别生气啊。"他说。

"我没生气。"

"你肯定生气了。一看你就是生气了。"

"我没有。我得走了。"

"行,那你走吧。"他冲她挥了挥手,"不好意思,惹你生气了。我会补偿你的,我发誓。下次见面,我会给你带来一份礼物。"

"我不想要什么礼物。"

"这个礼物你肯定想要。"他说。

那个星期后她就再也没见过他。周末，她到损友康特尼家玩时人生第一次喝了酒。伏特加兑橙汁。火辣辣的，她只喝了三口，四肢就沉得不得了。转过来那周的周三，他又出现了，手里还拿着什么东西。

"这是给你的礼物。"他说。

"我不想要。"

他点点头，仿佛对她倔强的回答感到很受用。他摊开手掌向她展示一盘磁带。透过磁带的塑料盒子，她可以看见上面用粗线条的黑色墨水手写的歌单。

"这个我听不了，"她说，"我没有录音机。"

"我知道你没带着录音机，"他说，"可是你们家里应该有吧？"

"我们家也没有。"

"那我给你带来。"

他的衬衣比她上次见到时更脏了，头发在脑后用一根脏兮兮的棕色鞋带松松垮垮地绑成一个马尾。她心里纳闷他绑头发的鞋带是从哪儿来的，毕竟他不穿鞋。也许他是个无家可归的流浪汉。

"千万别，"她说，"什么也不用给我带。"

他笑了。他的眼睛蓝得惊人。"明天就给你带来。"他说。

她考虑过要不要在家待着,不要去公园了。但转念一想又觉得,我怎么不能去了呢?那也是我的公园啊。再说,公园白天的时候人很多,如果他意图不轨,她只要一声呼救,那些滑板爱好者就会冲过来救她,谅他也不敢做什么。于是她毅然赴约,但是她在滑梯旁一直等到晚上快六点半也没见到他的影子。

她再次见到他已经是一周之后。"不好意思,"他说,"我上次跟你说要给你找一台录音机,花的时间比我预计的长。"他手里拿着一台破旧的黄色Walkman,看样子像是从垃圾堆里捡来的。橡胶材质的按键大多数都不翼而飞,底下的一角好像还粘了什么红色黏乎乎的东西。

"我才不要用这种东西听音乐呢,"她说,"恶心死了。"

他在滑梯前坐下。"我得借一下你的耳机,"他说,"没找到。"

"你是谁啊?"她问道,"为什么要跟我说话?"

他咧嘴一笑,露出了洁白整齐的牙齿。"你是谁啊?"他反问道,"为什么要跟我说话?"

她翻了一个白眼。她的耳机就放在腿上,他顺手拿过来接在了Walkman上。接着他从口袋里掏出杰西卡上周拒绝接受的那盘磁带,打开Walkman的盒盖塞了进去。

"准备好了吗？"他问。

"没有，"她说，"我跟你说了。我才不想听你的磁带呢。"

"不，你想听。"他说，"只不过你现在还不知道。"他抬手把耳机架在她耳朵上。她闻到他身上混杂着一股烟味、汗味和酸味。她刚要扯下头上的耳机，就听到了一阵模糊的沙沙声，好像是录音开始时的静电音。接着耳机里传来一个男人的歌声，伴随着木吉他的弹奏。那个男人的歌声高亢而充满忧伤，又有一点轻微的跑调，就像是喝伏特加喝醉之后的那种感觉，仿佛整个地球都压在她的身上，坠得她动弹不得。

歌声停止，她一把扯下耳机，挂在脖子上。

"那是你吗？"她问道，"是你唱的？"

男人看起来十分开心。"那不是我。那是查理。"

"谁？"

"查理。查尔斯·曼森。"

"他是个歌手？"

"曾经是。直到他在本尼迪克特峡谷[①]杀了一伙人。"

[①]此处指曼森家族成员杀害罗曼·波兰斯基的夫人沙朗·塔特等人一事，案发别墅就在本尼迪克特峡谷附近。

她瞪着他。"你是在吓我吗?"

"不,我不是这个意思。"他说,说着把双手搭在了她的肩上。"查理曾经是一位歌手,并且本来应该大红大紫。所有的女孩子都很崇拜他。她们对他的推崇远远胜过你对艾克索的爱,而他也以同样的热情回应她们。他走到哪儿,她们就跟到哪儿。但是她们杀了那个女人和她的孩子,还有其他好多人。如今他被关起来了,她们也被关起来了,整个家族流落四方,但家族成员从未停止爱着彼此,一分钟也没有停止过,一天也没有停止过。这些歌说的就是这个。"

"神经病,"她扭着身子挣脱了他的手,"听不懂你在说什么,但我觉得你应该离开这儿。"

"可是你刚才明显很喜欢那首歌啊。"他说。他的声音变得有些孩子气,几乎是哀求的口吻,"我就知道你会喜欢的,所以才带来给你听。"

"我又不知道唱歌的是个杀人犯!"

"对不起,"他说,"你说得对。我不应该把查理的事情告诉你。我不是故意吓你的,我发誓。"

她上下打量着他,感觉颇为困惑。他的手臂十分强壮,晒得黝黑,上面还有卷曲的黑色粗长汗毛,但他的睫毛则是另外一种颜色——红金色，跟艾克索的一样。

"如果你愿意，我可以把磁带借给你听。"他边说边起身准备离开，"你可以把带子里的歌儿都听一遍。我个人觉得《瞧你的把戏，姑娘》是最棒的，但我也喜欢《不再存在》和《病态城市》。也许你也会喜欢——也可能不会。没关系。所有的歌都特别好听，真的。"他打开Walkman，取出磁带放回磁带盒，然后伸手递了过来，但他的眼睛一直盯着地面，似乎尴尬得不敢面对她。

她接过磁带放进书包里。"谢谢。"她说。

"你会听的吧？"

"当然。"

"太好了！或许你可以从哪儿找到一个能播放磁带的录音机。这台我要是能给你肯定就给你用了，不过我实在没法借给你。抱歉。"

"没关系，我自己想办法吧。"

她以为他要走了，谁知他俯身用双手捧起她的脸蛋。他的手又大又温暖，显得她的脸小得像洋娃娃一样。她以为他要亲她，但他只是用大拇指拂过她的嘴唇。她轻轻张开嘴，任由他的拇指滑进嘴里。她感到他粗糙的指纹按压着她的舌头，尝到了他指甲缝里污垢的怪味。他说："当然,你得把它还给我。我的意思是磁带。你会还给我的吧?你保证?"

她的嘴里含着他的手指,回答模糊不清。

"什么时候?"他问道,"今晚?"

她摇摇头。他把拇指从她嘴里抽出来,她看到指尖上闪闪发光地沾满了她的口水。"不行,"她上气不接下气地说。"今天晚上不行。"

"为什么不行?"

"我朋友——我朋友要办睡衣聚会。我得去。"

他大笑起来,仿佛这是他听过最好笑的事情。"我才不管你什么朋友呢,"他说,"听完磁带就来这儿见我,告诉我你最喜欢哪一首。"

"我跟你说了,我来不了。"

"哦,姑娘,"他边说边搅弄她的头发,"你肯定能来。我们定在十点怎么样?或者午夜时分如何?"

"我不可能半夜三更到这儿来。我才十二岁!你疯了吧?"

"那就午夜吧,"他轻抚着她的下巴,"一会儿见。"

她当然不会半夜三更地跑去公园见一个脏兮兮的陌生人。那样做太傻,甚至有那样的念头都很傻。她不由自主地觉得他就是查理,虽然她知道他不叫查理。她回想起他的拇指——皮包骨头,脏兮兮的。她当时就应该把那恶心的手指咬掉,让他尖叫着把手从她嘴里抽出来,让他的断肢血流如注、血溅当场。

她当然不会半夜三更跑去公园见那个讨厌的变态查理,但是当她乐队的朋友们打电话让她带着那张《辣身舞》[①]的光盘去参加睡衣派对时,她回答说自己突然胃疼,去不了了。

一想到要整晚听着乐队的朋友们傻笑然后陪她们抱着各自的泰迪熊玩聚会游戏,她就想踢人。再说她的胃确实有点疼。但挂了电话,她又觉得或许自己应该去睡衣派对,因为看着爸妈和弟弟围坐在餐桌旁吃意大利千层面更让人恼火。

"妈妈,爸爸,"她说,"你们听说过查尔斯·曼森吗?"

妈妈和爸爸都听说过查尔斯·曼森,但他们不想在餐桌旁讨论他的事情。杰西卡想了想要不要打电话找康特尼和香农聊聊天,但转念一想,她俩肯定想溜出家门到外面

[①]《辣身舞》(*Dirty Dancing*)是一九八七年上映的美国电影,由詹妮弗·格雷和帕特里克·斯威兹主演,讲述了十七岁少女弗朗西丝与舞蹈教练约翰尼的爱情故事。

抽烟，而她现在唯独不想出门——大半夜的，查理没准儿能找到她。或许她还是应该乖乖地待在家里。家对她来说是最安全的地方，因为查理不知道她住在哪里。即便他曾经跟踪她回过家——她几乎可以确定他没有做过这样的事——全家搬进来时爸妈装的顶级安防系统也不是装样子的，再说还有他们家的狗狗博斯克——这只德牧混血的狗从小就不喜欢陌生人。她很安全。她很好。她根本不可能半夜三更跑到公园里去找查理。这样很好。

吃过晚餐，妈妈开始放电影。十点一过，杰西卡开始回想起自己第一次见到查理时的场景，想起当时她还以为他也是个滑板手，想起他当时问她的关于枪花乐队的那一大串问题，想起他是多么喜欢她听的音乐。她想到他用手捧着她的耳机戴在头上并随着她播放的音乐摆动身体，想到他第一次触摸她脸颊时的感觉，想到他那双碧蓝的眼睛。她想到那盘仍然深埋在她书包里的磁带，想着如果他找她来要的话该怎么办。她心想，如果她跑去公园把磁带还给他，告诉他自己最喜欢的歌是哪首，然后随便他带自己去他想去的任何地方，事情又会有怎样的发展呢？

电影还没结束，妈妈、爸爸和弟弟就倒在沙发上睡着了。这样的场景在杰西卡家的电影之夜司空见惯，每次杰西卡看到这个场面简直肺都要气炸了。但是今晚,她只觉得想哭。她看着妈妈那受惊的飞禽一般蓬松得离谱的发型,看着爸爸那伴随着呼噜轻轻扇动的八字胡,看着弟弟一身忍者神龟的睡衣。如果他们得知,有一个一看就不是什么正经人的陌生男性主动接近她,把他肮脏的拇指放进她嘴里,还向她大肆宣扬曼森谋杀案那不可比拟的伟大意义,他们又会怎么想?妈妈和爸爸一定会非常伤心。他们肯定害怕得要命。这让她的心中生起了勇气。当电影终于结束,她并没有叫醒他们让他们上床睡觉,而是回到自己的房间,取出自己的枕头和毯子,拿到了客厅的沙发上。她就这样守护着妈妈、爸爸、弟弟以及自己,直到午夜平安过去。当十二点的钟声停止,她抓起毯子裹在身上,振振有词地结束了自己的"夜班"。去你的吧,查理,滚开,滚开,滚开。

第二天晚上,杰西卡陪家人一起看新闻的时候从头条消息中得知,一个跟她同岁、同颜色头发、一样长着雀斑的女孩儿在参加睡衣聚会时被一名持刀男子从卧室劫走,而通缉海报中那个男人的脸眼熟得令她毛骨悚然。

杰西卡开始歇斯底里地抽泣,边哭边说着什么艾克索·罗斯和查尔斯·曼森。她的父母花了将近一个小时才从她的哭诉中梳理出事情的细节,而当他们终于明白她说的是关于"一个男人"、"公园"还有"睡衣聚会"时,立即报了警。又过了两个小时,电话才被接通。因为波莉被绑架的案子快速成了索诺马县最为臭名昭著的恶性犯罪,来自各路看客、记者、灵媒的电话把警察局的热线打爆了。

四十八小时后,两位女警来到杰西卡家给她做笔录。在笔录过程中两位警官得知,杰西卡并不知道那个流浪汉的真名,他把一盘他用脏手摸过的磁带装在一个塑料盒子里交给了她,那盘磁带现在还在她的书包里放着。二位警官从警车上取回了白色橡胶手套、镊子和证物袋,从杰西卡那儿拿走了磁带,对她再三致谢,然后告诉她的父母警方很快会再联系他们。

几个月时间转眼过去。在这几个月里,超过四千人呼喊着波莉的名字,找遍了索诺马县的每一寸土地,加州的每面墙、每棵树、每根电线杆都被贴上了波莉黑白的学校证件照片。有一阵,波莉的遭遇似乎成了这个国家里所有人唯一的话题,这让杰西卡确信警察很快就会找上门来,正式确认她有罪,并向全世界揭露她这个最先遇到绑匪之人"引狼入室"的罪行。但是当警方最终在一〇一号公路边的一个浅坟中找到了波莉的尸体时,他们发现绑架杀害波莉的是一个上年纪的男子，而通缉海报上他那张看起来无比眼熟的面孔不过是杰西卡的想象，要不就是光线不对。

那之后大约一年，杰西卡家收到了一个来自佩塔卢马警局的牛皮纸信封。杰西卡确信里面装的是查理给她的磁带，但是还没等她拆开看，她的父母就一把将信封从她手中夺了过来。无论是那盘磁带还是那个信封，之后她再也没见过。

十四岁的时候，杰西卡终于明白自己想错了，查理并不是因为害她不成才去绑了波莉，这两件事不过是时间上存在巧合。尽管如此，她在长大成人之前一直坚信，波莉的遭遇与她的经历之间一定存在某种联系——即便没有事实上的因果，也一定存在冥冥中的联系。

离家上大学之后，杰西卡开始认为，她童年时之所以固执地将自己的经历与波莉联系在一起，不过是因为幼稚期的自我沉溺让她习惯于将自己视为宇宙运转的中心。在当时的杰西卡眼中，那个绑架杀害波莉的男人是一颗超新星、一股无比强大的破坏性力量，而查理只是一颗不起眼的白矮星。站在她当时的位置，眼前的白矮星和千里之外的超新星似乎同样耀眼——但那只是幻觉，仅此而已。

最终，杰西卡告诉自己，她的运气已经算是很好的了。

毕竟，查理给她造成的伤害只有喉咙处的抓伤——况且伤痕可能只存在于她的想象。与波莉的遭遇相比，与这个宇宙中发生过的无穷无尽的坏事相比——她与邪恶的短暂交集，不过是一个渺小的光点，在由无数星辰组成的炫目的宇宙中几乎察觉不到。尽管如此，在她结婚多年之后，当她已经有了自己的孩子、搬离了加州，她仍然难以在午夜之前入睡。当她的双胞胎女儿们在隔壁房间安睡之时，她总会站在窗前，出神地望着窗外闪动着点点灯光的无垠暗夜，想着查理此时是否仍在公园里，等着她前去。

沙丁鱼

这是那件事发生以来马拉第一次参加妈妈们的午后品酒会。蒂莉正在外面跟其他小姑娘一起玩耍,所有的恩怨似乎都已经一笔勾销,但马拉一边品着杯中的梅鹿辄,一边生着闷气。她感到怨气如百爪挠心,怒火像楔子一样深深扎入她的心窝。

"今天下午你跟蒂莉能来,真是太好了。"卡罗尔说,双手捧着她的条纹酒杯。她的指甲短粗,再多剪一丁点就会露出指甲下的嫩肉。

"我很想念你们。"马拉说,"真的。"

"哦,当然,当然,"芭芭拉瞪着水汪汪的红眼说道,"不过我们也都能理解,你需要休息一下。"

说到这里,众人沉默了片刻,似乎在以这种默哀般的方式强调那件事的严重性。

"天哪,这帮小贱人。"凯琪感叹道,"我发誓,要不是看在米茨是老娘身上掉下来的肉,就冲她对蒂莉做的那种事,我他妈早就弄死她了。"她对着身为养母的卡罗尔举了举杯,"别介意。"

"关键是,我们真的非常抱歉。"芭芭拉一边说着,一边用亚麻材质的竖褶衣袖抹眼泪,"事后我总做噩梦。我们都是这样。"

"你们真好。"马拉说。她也被一个反复出现的梦境缠绕——蒂莉身处一片黄色的田野中,不停扭动着身体、哭泣着,双手揪着自己的头发。马拉本人并非这个梦境的一部分,她只是一个摄像机镜头,拉远一点就能看到一片无边无际的虚无:这片田野、这个国家、这片大陆、这颗星球上什么都没有,只剩蒂莉孤身一人、无依无靠、孑然一身。

"你最近还好吗,亲爱的?"卡罗尔问道。

这是个好问题,答案是:不好。那件事发生之后,场面顿时陷入一片混乱,劝说、争吵、叫喊、摇晃……无论什么都不能让蒂莉停止哭泣。就在这时,卡罗尔——平素最好息事宁人、随身携带医用大麻卡的天性慈母卡罗尔——打了蒂莉一记耳光。卡罗尔用力太猛,打掉了蒂莉的眼镜。而从未动过女儿一根手指头、甚至从没想过要打她的马拉,见此情景竟然伸手捂嘴才没有笑出来。有些身为父母的麻烦事,除非亲身经历,否则是绝对无法预想的。

就比方说,在某些情况下,看到别人打了你的女儿,你却忍不住想放声大笑,你说这谁能想得到?

"重要的是蒂莉看起来还好。"马拉突然意识到自己在发呆,赶忙说。"如果她能放得下,我也应该放下。对吧?"

"孩子们真的非常坚强。"芭芭拉说,此话引得在场的女人们都频频点头。放屁,马拉心想。也许有的孩子是坚强的。但是所有孩子都坚强?蒂莉坚强吗?所谓坚强——或者说不执着于痛苦的能力——马拉自己也是花了很长时间、经过反反复复,直到长大成人才勉强学会的。小时候的委屈直到今天都仍然是她最生动的记忆。

"依我说,你家玛蒂尔达①挺坚强的啊,"凯琪说,"米茨说他们俩已经开始一起在公交车上玩什么游戏了?"

马拉终于按捺不住已经忍了十分钟的冲动,朝窗外小姑娘们玩儿的方向偷偷望了一眼。她们身体相互交叠着坐在阳光照射的草坪上,从远处望去,只见一团波点发带、带褶边的袜子以及亮色的头发。"她们在公交车上可能不是玩游戏吧?"马拉说,"可能只是在商量要玩什么游戏?或者讨论游戏的事情?具体情况我不太清楚。都是蒂莉她爸

---

①蒂莉是玛蒂尔达(Matilda)的昵称。

爸传给她的。"

"还'传给她的'——说的好像性病似的！"芭芭拉说。正当在场的妈妈们回味着这个意味深长的笑话时，外面的草坪上传来一阵窸窸窣窣的轻动。

"哦，"马拉说，"他们开始了。"

她缓步走到窗边，放在洗碗池里的酒杯发出清脆的声响。已过下午五点，傍晚的空气缓缓地闪着金光，令人陶醉。在新剪过的草坪上，小姑娘们站起身，掸掉膝盖和手上的草屑。

"我知道这听起来有点傻，蒂莉。"马拉说，"但是能请你用另外一种方式再解释一下吗？你说的，'捉迷藏的反义词'，到底是什么意思？"

马拉透过汽车的后视镜看到蒂莉气得浑身抽搐，像是一只在电流下扭动的青蛙。"我不知道还能怎么跟你解释了！就是类似捉迷藏！但是是捉迷藏的反义词！明白吗？"

马拉咬着后槽牙在心里倒数了五个数。"我还是不明白啊，宝贝。你的意思是，所有人都不藏？还是有人藏没人找？"

"求求你别再让我给你解释了好吗?"蒂莉气得几乎要把自己的头发揪下来了:她两只手各抓着一把头发,使劲向两边扯,仿佛头上长出两只小翅膀一样。这就是心理医生说的"拔毛癖"。心理医生告诉马拉,遇到蒂莉这样的动作不要太紧张,而是应该温和地转移她的注意力。

"好吧,"她说,"下个月就是你的生日了!兴奋吗?"

"生日聚会我要在爸爸家开。"蒂莉说。说着她开始用脚时不时地猛踢马拉的座椅背后。

"我来准备一下吧,乖女儿。"马拉说着猛踩了一下油门,赶在黄灯变红之前冲过了路口。

蒂莉肯定有事瞒着她。

马拉暗自细数各种证据:她棕色眼睛中时而闪过的诡异的光;她出格的大笑;以及每当马拉跟她提起某种特定的游戏时,她要么突然喋喋不休,要么一言不发的举动。

开始起疑的不止马拉:所有的妈妈都对女儿们近来的举止心怀不满。全拜那个神秘的游戏所赐。女孩儿们每天不停地相互发信息、传纸条、用即时通讯软件发消息。"什么事能聊这么长时间?"芭芭拉在电话里问马拉。这个问题看起来有点蠢，毕竟从马拉的经验来看，十岁的小女孩不管聊什么都能一直不停地聊到天荒地老。但与此同时，这个游戏所激发的狂热让马拉也感到费解。

经过分头出动的调查，妈妈们终于得知这个游戏的名字叫"沙丁鱼"，大概的游戏规则听起来也人畜无害。但蒂莉最近的表现让马拉不由得联想到女儿在家里的电脑浏览器上输入"奶子"之后的一周里她的反应——每天放学后便急不可耐地一头扎进房间，并且每次马拉问她在做什么她都会用略带尖刻而颤抖的声音回答说："哦，没什么！"

马拉更希望将此归咎于其他女孩儿——这帮抱团害人的小恶魔们——但实际上，蒂莉似乎才是这个小团伙的领袖。这一点本身也很奇怪，因为蒂莉一般都是那个不合群的孩子，不是被欺负就是被排挤。尽管其他几位妈妈碍于面子没有明说，但是这个游戏最大的吸引力很大程度上正在于它可以帮助蒂莉摆脱身处社交圈子鄙视链末端的困境。马拉有一天晚上直到入睡之前还在迷迷糊糊地想，这件事有点邪门。

肯定是发生了什么不对劲的事情。

* * *

蒂莉的爸爸同意做东道主，在他的房子举办生日聚会，但前提是所有的事前组织和现场工作都由马拉来做。他没有答应马拉让他的同居女友当天下午暂时回避，这意味着为了满足蒂莉的生日愿望，马拉只能在长达四个小时的聚会上全程跟这个曾被她撞见在她家沙发上跟她前夫干得热火朝天的二十三岁女孩儿一起分发小礼物。

这是否让马拉感到一丝烦躁？会不会正是因此，那天蒂莉不告诉她想在聚会上玩哪些"沙丁鱼"之外的游戏时，她才会有点不耐烦？

聚会那天你想吃什么蛋糕呀，蒂莉？巧克力的？草莓的？还是巧克力彩针的？

随便。

除了附近几家的小姑娘之外，你还有其他想邀请的人吗？

没有。

今年咱们要不要搞个主题？或许可以搞……海盗主题？或者小丑主题？

不要，听着就无聊。

聚会上我们玩儿什么游戏？

当然是玩儿沙丁鱼。

好,没问题,要不要再玩儿点别的什么?比如皮纳塔?寻宝?或者夺旗?

妈妈,请你别再犯傻了好吗?我说过了我要玩儿沙丁鱼。

是的,这一切都让马拉烦躁不已。没错,可以说,这一切让马拉怒火中烧。

另外几个孩子的妈妈都会参加蒂莉的生日聚会,而一开始马拉对于她们的支持也深感欣慰。毕竟这样一来"敌寡我众",她就占据了人数上的优势。她也不用孤身犯险,独闯龙潭了!但就在蒂莉生日的当天早晨,马拉却痛苦地躺在床上,祈祷着那几个妈妈最好谁也别来。

当场捉奸史蒂夫和他的小女友之后,马拉曾经设想过不下十几种报仇的方式——比如把她放在浴室抽屉里的乳液调包成强力胶,把她五花大绑捆好之后在她脸上纹"淫妇"的刺青之类的。但不知为什么,随着时间流逝,她最初无所畏惧的暴怒逐渐变成了这样一个想法:她要保持完美的微笑,压住心中的怒火,看着她的死敌以胜利者的姿态在她身边盘旋,度过平静的一天。马拉不会羞辱她,不会用强力胶粘她,也不会在她脸上刺字。但她为何会变成这样?她怎么能就这样一声不吭地认输了呢?

手机闹钟再次响起,马拉将它一把塞到枕头底下,终于让它闭了嘴。一分钟之后,蒂莉闯了进来,她穿的粉色生日裙上绣着一只趾高气扬的火烈鸟。

"妈妈!"她甜甜地说,"妈妈,你这个瞌睡虫!我跟你说了我想吃生日华夫饼!你忘了吗?"

离婚后马拉第一次送蒂莉到史蒂夫的新家时,她感到了一阵阵的恶心:那种布局错乱的地方,只有计划生一堆孩子的人才会去买。但她也不得不承认,在那个地方开生日聚会真是再合适不过了——层高很高,房子里到处都是有趣的小房间,屋外的草坪十分平整,一直顺着山坡延伸到一片长满灌木的茂密森林。她停好了车,打开后备厢,逐一取出聚会用品,而此时的蒂莉已经一路小跑,沿着房前的车道向她的爸爸奔去。

马拉那天的计划是假装没有小女友这个人。她用复杂的话术避免在聊天过程中提到那人的名字,小心翼翼地从不正眼看她,而是死死盯着她脸庞左边虚无的空间。(马拉口袋里还装了一小管强力胶。那管强力胶和史蒂夫最喜欢的乳液几乎一模一样。它派上用场的概率不大。或者说，她几乎肯定不会用。但不怕一万就怕万一。）所有的装饰布置工作都由马拉一人完成——蒂莉装模作样地试了一下把生日会的横幅挂在门框上方，然后就跑进树林，消失不见了。直到第一批客人到来，蒂莉才回来，雪白的大腿上还沾了不少泥点。

在小寿星的执意要求下，庆生会的一个环节是拆礼物。蒂莉盘着腿坐在沙发上，机械地翻看着成堆的礼物，一把扯下闪闪发亮的包装纸，然后把玩具扔进她脚下的玩具堆中。马拉提醒她："说'谢谢'，蒂莉。"而蒂莉也用刺耳的声音单调地重复着："谢谢，蒂莉。"

接下来登场的是蛋糕和冰淇淋。前一天晚上，急于从红酒和电视剧中获得宽慰的马拉没有等到她用邓肯海恩斯预拌粉烤的布丁蛋糕凉下来就上了罐装糖霜，结果糖霜融化，导致蛋糕上"祝蒂莉生日快乐"几个字糊成了一团，根本看不清。马拉试着用刀背把糊掉的字改成大理石纹路一样的点缀花纹，但结果反而比没改时更糟。

马拉站在厨房里盯着弄坏的蛋糕一筹莫展的时候，有人走到她背后，用一双手抓住了她的腰。"嘿，亲爱的。"

卡罗尔说，"孩子们开始有点不耐烦了。你这边怎么样？"

"你看！"马拉哭丧道，沾满了糖霜的黄油刀险些扎到了卡罗尔的眼睛。"彻底翻车了！"

"呃，其实也没有那么糟。"卡罗尔说。她沉吟了一下："确实也不是特别好。但蒂莉肯定可以将就吃下去的。而且你看，我来时路过了一家杂货店。"卡罗尔说，"我当时就有预感。"说着，她打开了一个巨大的"全食"品牌帆布提袋，从里面掏出一罐黑巧克力糖霜，放在了厨房台面上。

马拉看着那罐巧克力糖霜，陷入了越来越深的绝望之中。这到底是什么鬼？

"你看。"卡罗尔说着，从马拉手里拿过黄油刀打开了罐子，"咱们可以……对吧？"

马拉点点头。隔壁房间传来蒂莉的尖叫声：别动那个！那是我的东西！但是她这时已经顾不上蒂莉了。一会儿再说吧。

"交给我吧，"她说着从卡罗尔手里抢回了黄油刀，"你能不能出去看一下，她们吵吵嚷嚷地干什么呢？"

马拉在蛋糕上重新抹好一层糖霜，沿着蛋糕外缘插好了一圈十一支普通蜡烛，接着在蛋糕的正中央插上了最后一支造型蜡烛：一个她在杂货店甩卖区找到的小玩意儿，以祈求给蒂莉带来好运。那支好运蜡烛的造型是一只饱满的黄色花苞，打火机的火苗刚一沾到它的烛心，花苞就立即展开，开始旋转。

"大功告成！"她叫道，"吃蛋糕咯！"

她双手举着蛋糕托盘，后退着走出厨房门。

客人们已经聚在餐厅桌边，所有人都戴着尖顶的生日帽，只有蒂莉脑袋上顶着一只银色波点的蝴蝶结。马拉端着蛋糕走进餐厅的时候，那只造型蜡烛正呲呲地冒着火星，就像一只小型烟花。蒂莉喜出望外，双手捂住脸。"真漂亮啊！"她叫道。客人们刚要合唱"祝你生日快乐"，蜡烛中突然叽叽喳喳地传出一阵陌生的曲调。众人困惑异常，场面瞬间安静下来，只有那只蜡烛自顾自地唱着"滴嘟滴嘟哒"。最后，还是凯琪的一嗓子"祝你生日快——乐——"打破了尴尬的气氛，众人一起开口，压过了蜡烛的声音，唱完了生日歌。

生日歌结束，蒂莉一口气便吹灭了那十一只普通蜡烛，但无论她怎么用力吹，那只造型蜡烛死活就是不灭，仍然继续发出恼人的乐曲。最后，为了避免蒂莉喷出的口水把蛋糕沾个遍，马拉拔起造型蜡烛，打开水龙头猛冲。蜡烛虽然灭了,但是奏乐没有停止。她一把将蜡烛扔在地上猛踩,但蜡烛还是唱个不停。虽然马拉最后把蜡烛埋在厨房的垃圾桶里,但她仍然可以听到蜡烛顽强地发出微弱的声音:"滴嘟滴嘟滴嘟——哒——!"

"妈妈,"马拉一回到餐厅,蒂莉便过来问道,"虽然我没把好运蜡烛吹灭,但我许下的生日愿望还是可以实现的吧?"

"应该没问题,"马拉说,"那支蜡烛无所谓的。"

"那就好,"蒂莉说着,用叉子把冰淇淋和蛋糕搅在一起,吃了一大口,"有件事你想知道吗?"

"当然了,我的小甜心。"马拉心不在焉地说。史蒂夫正在跟坐在他腿上的小女友打情骂俏,一边抖腿,一边拨弄着她的卷发。马拉向上帝发誓如果这两人当场亲热起来,她一定会抄起蛋糕刀,直刺小女友的喉咙。

"我觉得你会喜欢我许下的愿望的,妈妈。"蒂莉吮了吮沾着糖霜的手指,开心地傻笑着,说道,"我许的愿可有点坏哦。"

沙丁鱼这个游戏的规则能在很多儿童游戏书里找到,

大概是这样：所有参与游戏的人选出一个人负责藏，余下的人闭上眼睛数到一百，这时选出来的人就要找地方藏好。数到一百之后，大家分头寻找藏起来的人，第一个找到的要跟他或她藏在一起，下一个找到的要跟前面两个人藏在一起。如此继续，直到只剩一个人在外面找，其他所有人都挤在同一个藏身地，就像一罐沙丁鱼罐头那样挤得严严实实。

小寿星蒂莉还定了这样一个特别的规则：

藏的人由蒂莉亲自挑选，而且不能藏在房子里。所有人都必须参加游戏。

宾客们跟着蒂莉来到屋外。蒂莉爬上一张草坪躺椅，居高临下地看着众人。马拉觉得，此时的蒂莉有一种女王泽被天下般的气质。"现在我来选出负责藏的人。"蒂莉说。她举起手指轻轻地晃着，脸上带着梦游般的表情。她的手指快速地划过凯琪、卡罗尔和史蒂夫，接着向上一挑又向下一按。"就是你了，"她指着小女友宣布道，"你被选中了，找地方藏好吧。"

所有人都低下头，听着蒂莉从一百倒数。马拉微合着双眼瞥向小女友。她站在那儿愣了半天，似乎十分慌张，直到蒂莉倒数到了八十才如梦初醒一般冲下了山坡。

"三——二——一,我们来啦!"伴随着蒂莉的尖叫,所有人四散开来。马拉蹑手蹑脚地在门廊附近打转,直到她确认没人注意她,便马上从后门钻进了屋里。不好意思啊,蒂莉,游戏我就不参与啦——万一倒霉找到了小女友然后跟她一起蜷着身子挤在一个脏兮兮的泥坑里,那得有多尴尬?另外,马拉也想借着这个机会在房子里转转、翻翻,然后换点东西。嘿,这不过是个恶作剧。人畜无害的玩笑。一次有点粘人的甜蜜复仇。

史蒂夫平日很少喝酒,但是小女友应该酒量不浅,因为马拉在探索过程中发现了整整一柜子的"两元恰克"[1]。她抄起一瓶长相思[2],有心找几块冰块,但转念一想还是觉得太麻烦,温着喝也没什么不可。探索完毕,马拉甩掉鞋子,跷着脚靠在沙发上,边喝酒边吃剩下的蛋糕。

马拉刚喝了半杯,抬头猛然看到她的女儿站在走廊。蒂莉双臂下垂,午后的阳光照在她眼镜的镜片上,反射出诡异的光,让人根本看不清蒂莉的眼神。

---

[1] "两元恰克"(Two Buck Chuck)是美国野马葡萄酒公司(Bronco Wine Company)推出的一款廉价葡萄酒的昵称,因其每瓶售价通常在两美元左右,因此广受消费者欢迎。
[2] 长相思(Sauvignon Blanc),又译"白苏维浓",原产自法国波尔多地区的一种干白葡萄酒。

"天哪,蒂莉,你吓死我了!"马拉大叫道,"你在那儿站了多久?"

"你为什么会在这里,妈妈?"蒂莉问道,"你没听见我刚才说所有人都必须参加游戏吗?"

"我听到了,对不起。我马上就来。我只是……想稍微歇一会儿。"

蒂莉神情恍惚,往前挪了两步。她拉住了马拉的双手,用湿乎乎的额头顶住了马拉的脖子。"妈妈,"她说,"我一直有一个疑问。你喜欢莱拉、米茨和弗朗辛吗?"

蒂莉冰冷的手指在马拉的手掌上不停地画圈,这让马拉仿佛被催眠一样,差点脱口而出:"你说谁?"好在她及时回过神来,说:"实话实说,蒂莉,我并不是特别喜欢她们。我知道她们是你的朋友,但我觉得她们有点太喜欢拉帮结派了。"

"什么叫拉帮结派?"

"就是她们几个每天黏在一起,我觉得那样不太好。"

"那她们的妈妈呢?你喜欢她们吗?"

马拉叹了口气,放开被蒂莉抓住的手。她舔了舔拇指,抹掉了蒂莉下巴上的一块巧克力糖霜。"我也不知道。她们还好,没什么特别的毛病。但如果此时此刻我必须给你一个明确的答案的话,我想我会说,我不喜欢她们。"

"那爸爸跟——"

还没等马拉开口,蒂莉就替她回答了。"这个我知道。你恨他们,对吧?"

蒂莉的鼻子几个月前变大了,变得像史蒂夫,像一个成年人,让脸上其他的五官都显得黯然失色。她浅浅的发际线附近新生出一片油光发亮的痤疮,脖子上不久前刚刚冒出一个鼓鼓囊囊的棕色的痣。每到下午,涂了香体剂的蒂莉还是满身汗臭,就连马拉上周悄悄放在她床上的那瓶男式运动款处方强效香体剂也盖不住。蒂莉的口气经常不知道什么时候就变成一股腐肉的味道,而每当这时马拉也是二话不说就打开车窗。蒂莉两侧的胸部似乎发育速度不同,导致马拉给她买的运动内衣没有一件合适。明明已经进入青春期的蒂莉,行为举止却越来越像一个小宝宝,似乎是想留住一份她从未拥有过的天真可爱。尽管蒂莉言行怪异、让人抓狂、疯狂地渴求怜爱,但马拉确实深爱着她,并且竭尽全力地保护着她;只是蒂莉有时一根筋地要跟这个世界过不去,不被生吞活剥就绝不善罢甘休。

马拉很清楚这样的情况下自己应该说什么话——"当然不是的,宝贝"或者"我会永远爱着你的爸爸,因为他把你送给了我"。但话到嘴边,马拉又把这些陈词滥调憋了回去。于是,蒂莉看着沉默不语的马拉点了点头。"你犯过不少错误,但是你还是个好妈妈。"她说。说完蒂莉猛地抱住了马拉,胡乱地在她耳朵上亲了一口,然后顺手抓起一块蛋糕。

"蒂莉。"马拉叫住了正往外走的女儿。

"怎么了?"

"你之前许了什么愿?"

蒂莉咧着沾满蛋糕的小嘴笑了,嘴巴可爱地泛着光:"哦,你问这个啊妈妈。你很快就知道了。"

让我们先放下暗中谋划的蒂莉,放下借酒消愁的马拉。想象你就是马拉前夫的那个小女友。你正在参加男朋友女儿的生日聚会。而这聚会的东道主正是你男朋友女儿的妈妈。参加聚会的都是她的朋友。这帮人大摇大摆地闯进你家,变着法地表现出对你的厌恶之情。可这毕竟是你家啊!你不是什么突然搅局的不速之客,你就住在这里!小寿星的妈妈拒绝叫你的名字,也根本不正眼瞧你。男朋友本来一直陪在你身边,但想想又觉得尴尬,磨磨唧唧地挪开了。

而那个小寿星呢,她竟然用手指指你。就是你了。你被选中了。这种话在你听来怎么可能顺耳?你穿着笨重的帆布鞋向山下狂奔,一边不由自主地觉得,自己怎么有点像是个——猎物?

这种局面,藏得越好,痛苦的时间越长。只要游戏一结束,聚会也就散了。但是如果藏得太随意,比如藏在野餐桌下,或者随便哪棵树下,就没有尽到自己角色的职责。你是负责藏的人,所以要找个地方藏好。被人不费吹灰之力就找到不仅会惹恼蒂莉,还会让史蒂夫难堪,而且会给妈妈团更多理由对你品头论足。于是,你赶紧离开了洒满阳光的草坪,钻进幽暗的森林。低处的灌木抓挠着你的脚踝,暴露的荆棘不停地钩着你的短裙。

你翻过一道山梁,越过一条干涸的河床,穿过树木之间的缝隙,终于发现一个由几根足够高的树桩围成的圈。只要你蜷起身子、膝盖顶住胸口,就可以隐藏起来。周围一片静谧,只有阵阵鸟鸣。空气里是碎松针和腐叶的味道。

这地方不错,你对自己说。你听着自己上气不接下气的呼吸慢慢舒缓,最终平静下来。你开始想象着聚会结束后该做些什么。

等着被人找到就好了。

* * *

马拉合上的双眼重新睁开,睁眼时却进入了梦境。梦境中,所有人都不知所踪,聚会上只剩下了蒂莉。到底过了多久?一个小时,一天,还是一个纪元?马拉自己也说不清。她只知道,现在已近傍晚。西垂的落日仿佛在森林尽头燃起一团红色的火焰,万物的影子都开始变得扭曲而狂乱。一条条深黑色的阴影相互交缠,向四面八方伸展着。

房间的窗户被落日照得像蒂莉的眼镜一样,成了一片看不透的空白。生日快乐的横幅从门框上耷拉下来,像一条伸长的舌头。马拉试探着走出门外,看见身披银色丝带的小寿星正站在草坪与森林的交界处,等待着,仿佛飘浮在半空。

沙丁鱼这个游戏本质上就是叠罗汉。下面的人胳臂顶着上面的人的胯骨,上面的人的屁股坐着下面人的腿。你的牙缝里塞着别人的头发,耳朵里杵着另一个人的手指。这些腿都是谁的?谁刚才放屁了?谁在动?谁在说话?别扭了!把你的脚从我裤裆里拿出来!让你的鼻子别贴着我的胳肢窝!别再用胳膊肘怼我的胸了,弗朗辛!我胳膊肘离你那对破奶十万八千里呢,你个傻帽,那是莱拉的膝盖。

才不是呢！闭嘴吧！嘘——姑娘们，蒂莉来了！不行，我的手探出来了。快要坚持不下去了！这里太挤了！没关系的，我们一定可以做到的。凑紧一点，凑紧一点，再凑紧一点，直到你身体的每个部位都挨着另外一个人的身体。推一推，压一压，挤一挤，塞一塞，再紧一紧。

蒂莉在林间穿行，马拉紧随其后。掉落的松针像床铺一样盖住了树木腐败的痕迹，压低了马拉的脚步声。一只粉红色的女士拖鞋躲在灌木丛里向外窥探，乍看之下像极了一对张开的阴唇；一块打了结的破气球残片从树枝上耷拉下来，地上被碾碎的蘑菇闪着微光。悲哀、凄冷而又苍白。

等一下。

在开始寻找之前。

还有一件事你应该知道。蒂莉的好运蜡烛确实能让人愿望成真。

能得其相助的是孤独寂寞之人。是格格不入之人。是倍受侮辱之人。是体有异味之人。是那些愤怒的、受折磨的、满心怨恨、软弱无力的人。是女儿和母亲。是母亲和女儿。是马拉和蒂莉。是蒂莉和马拉。是马莉和蒂拉。是蒂拉和马莉。是蒂马和莉拉。是母儿和女亲。是所有的母亲和女儿，是马拉和所有的母亲，蒂莉和所有的女儿以及其他。

在森林里，在坑洞旁，在黑暗中，蒂莉和马拉这对母女只能听到树叶中流动的风声、心脏跳动的声音以及呼吸声。

嘘——

你听。

这就是愿望成真的声音。

坏的愿望。不好的愿望。

尖叫。此起彼伏的尖叫。

声音模糊不清。仿佛什么人正把脸埋在枕头里呐喊。也许是别的什么更有弹性的东西盖住了尖叫的声音。

比如橡胶材质的气球。比如泡泡糖。

再比如，人的皮肤。

好一个惊喜！原来只要有一点生日魔法的帮忙，无论是阳光还是仇恨都可以捕捉起来。仇恨可以被放大、折射、瞄准。而一群生日聚会的来宾此时像人行道上的蚂蚁，或者罐头里的沙丁鱼那样挤在一起，沐浴在一种无形却强大的神秘光芒中。

来宾们光滑的肌肤开始变得温暖、炙热、滚烫。

他们浅色的头发开始起火、冒烟，最终化为灰烬。他们不停颤抖、震荡、翻腾。喘息的身体开始出汗，然后枯萎。然后烧焦。然后全熟。然后爆炸。然后融化。

然后融为一体。

他们彼此交叠的身体成了同一个身体。他们的大脑成了同一个混乱惊慌的大脑。他们不再是一个个独立的人，而是一个火热的整体、一个惊慌失智的生物、一坨喷涌而出的有理智的肉、一个长了许多只眼和许多只手脚的怪物。

马拉和蒂莉站在一座小山顶上，紧紧地抱在一起。而山下，在夺目月光的照耀下，蒂莉的生日怪物耸动着、摇摆着，咬牙切齿地哀号着，一边挣扎着想要挣脱将彼此绑在一起的束缚，一边发出阵阵尖叫。

我害怕极了我不知道发生了什么我要找我的妈妈我的宝贝你是谁你在我脑袋里做什么你在我身体里做什么我没有是你在我身体里才没有不是我妈妈不我是弗朗辛不我是卡罗尔不凯琪宝贝我是妈妈这怎么可能求求你让这一切停下来吧不我是史蒂夫我是史黛西我是米茨我是莱拉我不明白到底发生了什么我好害怕我不喜欢这样什么人来帮帮我拜托了我动不了了我停不下来哦上帝啊那是从哪儿来的我怎么什么也看不见我什么都看得一清二楚这是什么声音你

是谁这是什么我是什么这是谁干的好疼啊求求你停下吧弄疼我了哦宝贝对不起你是谁你是什么东西我又是什么……

蒂莉惊呆了，直勾勾地盯着怪物。她的眼睛闪着光，仿佛她的头颅里塞了一千支生日蜡烛，一滴口水顺着她的下巴流了下来。

小女友的脸短暂地在无数扭动的四肢和嚎号的人头中闪现。她瞪大双眼，脸上沾满了泥，小巧玲珑的鼻子已经被压断了鼻梁，鲜血淋漓，门牙也断了一半，只留下一个边缘崎岖不平的坑。

蒂莉的生日聚会成了她的生日礼物——一个再也无法拿别人取乐，只会一边打滚一边发出咯咯怪声的怪物。一个再也无法捉弄他人，只会嘴角流涎、全身抽搐、痛苦不堪的怪物。一个再也无法欺骗或者离婚，只会痛哭流涕、胡言乱语的怪物。一个再也不会冷落亲爱之人，只会一边翻腾一边号叫的怪物。

"妈妈？"震惊中的蒂莉小声对她的母亲嘟囔着，"你说已经许下的生日愿望能取消吗？比如说，我明年生日的时候？甚至是现在？"

"我不知道，宝贝。"马拉说。

"你觉得我应该取消这个愿望吗？"她抬头，满脸恳求地看着母亲,"你想让我取消吗?"

马拉试图说些什么,却说不出只言片语。她左思右想,蒂莉就在一旁静静地等着她的答案。她们脚下的怪物哀号着、咒骂着、恳求着,而与此同时,在融化的冰淇淋、生日彩带碎片以及黏湿的蛋糕下面,那支黄色蜡烛一边冒着火星旋转,一边发出刺耳的叫声:滴嘟滴嘟滴嘟哒!

镜子、木桶、老髀骨

很久以前，有位公主待字闺中。所有人都认为，凭公主的条件，要找到一位如意郎君，绝非难事。公主长着一对灵气十足的眼睛，一张甜美的小脸。她不仅爱说爱笑，并且头脑机敏，好奇心强。她博闻强识远超凡人，谈吐不俗，出口成章。求婚者从全国各地赶来一睹公主的芳容，而公主也一一以礼相待。她向求婚者提问，并依次回答他们提出的问题；她与他们手挽着手在宫中散步；她倾听、欢笑，对于给她讲故事的求婚者，她也会讲故事给他们听。所有的求婚者都怦然心动，都觉得，如果能与公主喜结连理，将来的日子也会有滋有味——何况有朝一日还能继承王位。

每次与求婚者会面后，公主都会与国王、王后以及王室顾问齐聚一堂，一个接一个地回答他们的问题。刚离开的这个求婚者，她以为如何？她是否觉得他英俊、勇武、智慧、善良？

啊，是的，公主微笑着说，脸上露出了小酒窝。当然。

他们都很好。

那么刚才这个求婚者与前一个相比又如何？当然，前一个求婚者也非常出色。不过是不是刚刚这个略胜一筹？

是的，大概是吧。嗯，也谈不上。很难讲。他们各有千秋。

要不要他们两个都请回来，让你仔细考虑比较一下？

哦，不要了，我觉得没有那个必要。

所以你的意思是，他们两个你都不喜欢？

我喜欢，我喜欢！只是——

只是？

从他们两个人里选出一个，这对我来说太难了。这听起来可不是什么好消息，对不对？我在想，如果不麻烦的话，或许我们可以……

再请一位过来？

对。

再请一位求婚者，是吧？

是的。拜托了。

如果还有人没来过的话。

是的，如果还有人没来过的话。可以吗？

每次说到这里，王后都紧闭双唇，王室顾问面露难色却缄口不语，只有国王叹口气说：应该可以吧。

就这样，过去了一年又一年，公主已经见过王国里所有的亲王、所有的郡王、所有的子爵、所有不具爵位却富可敌国的商人、所有并非贵族也无财富，但社会地位高的匠人，以及那些没有爵位没有财富也没什么社会地位的艺术家。尽管如此，这么多人中还是没有一个能脱颖而出，得到公主的青睐。

无论你朝哪个方向走，每走十里就一定能遇到一个公主曾经的追求者。所有追求者都认为，如果是因为什么明确的理由而被拒绝也就罢了，但像这样不明不白地被拒绝，真是无比沉重的打击。

五年过去了，公主已经几乎将王国里的所有男人都看了个遍，还是没有一个人能让她称心如意。于是，心怀不满的失意们开始议论纷纷：或许公主就是太过自私了，她被宠坏了、傲慢至极。也可能她根本不想结婚，只是在玩弄他们的感情。

到了第五年年末的时候，国王失去了耐心。他告诉公主，明天他要将所有曾被拒绝的男人请回城堡来。公主必须从中选出一人，与他成婚，了结这桩大事。公主此时也厌倦了没完没了的相亲，并为自己的犹豫纠结感到困扰。

她同意了国王的要求。

求婚者们再次登门，公主再一次在人群中穿行、谈笑，讲着故事。尽管气氛或许不如之前那么欢快，但所有求婚者都再次下定决心，与公主共度余生并不会非常糟糕——毕竟有朝一日还是能继承王位的。一天的时间就这样平淡无奇地过去。日落时分，国王、王后和王室顾问与公主在会客厅落座，询问她是否做出了决定。公主并没有立即回答。她咬嘴唇、啃指甲，用手捋头发。终于，她轻声地回答说：可以再给我一天时间吗？

国王怒吼着掀翻了桌子。王后起身打了公主一记耳光。公主双手捂着脸大哭起来。直到王室顾问出来劝阻，这场混乱的闹剧才告一段落。

给她一晚的时间再考虑一下吧，王室顾问说。让她明早再选出自己的丈夫吧。

国王和王后怒气未消，但王室顾问一直算无遗策，于是国王和王后同意让公主回自己的房间继续考虑。

独自回到闺房的公主辗转反侧，难以入眠。像过去五年每天晚上那样，她扪心自问：为什么没有任何一个男人能让她满意？她求而不得的东西究竟是什么？她痛苦不已，找不到答案。心力交瘁之中，她昏昏沉沉将要入睡。就在这时，有人敲门。

公主一下子坐了起来。难道是母后前来致歉安抚？还是父王来此威胁警告？抑或是王室顾问前来献策，有什么神奇的考验可以帮她从一众求婚者中选出与她最为般配的一位？

但公主打开闺门发现，门口站着的不是国王，不是王后，也不是王室顾问，而是一个她从未见过的陌生人。

这位不速之客罩着一件齐踝的黑斗篷，黑色兜帽罩头，但面庞却十分的可爱、迷人而温暖。他颧骨圆润，双唇饱满而柔软，一对闪亮的蓝色眸子夺人心神。

噢，公主轻声道，你好。

你好，那人轻声回答。

公主嫣然一笑，那人也报以笑脸。那一刻，公主感到自己的血都流干了，血管里全是轻飘飘的泡泡和令人眩晕的光。

公主将来人引入房内，在天棚床中与之共度良宵。他们亲吻、调笑，直到天亮。太阳将要升起时，她怀着前所未有的快乐心情入睡了。她梦到了自己想都不敢想的快乐生活，梦到了流淌着欢笑、幸福和爱的生活。

公主嘴角挂着笑容醒来，她爱人的手搭在她的臀部，而国王、王后和王室顾问正站在床头。

哦天啊,公主说着,脸红了。我知道你们误会了。但是请听我说——我下定决心了。过了这么多年,我终于做出了决定。

她转向她那仍藏在床单之下的爱人。我爱他,她说。其他事情对我而言都不重要。这个男人就是我选中的人。国王和王后满面悲伤地摇着头。王室顾问揭开床单扔在地上,没等公主抗议,便拉起来人的黑斗篷,抖了几下。里面掉出了一块破镜子、一只瘪了一个坑的铁皮桶以及一根陈年的髀骨。

公主的臀部感到一阵瘙痒,就在爱人的手刚才搭上的地方。她回身望去,只看到她自己的手放在自己的屁股上,因为惊恐扭曲着。

我不明白,公主小声说道。你们对他做了什么?

我们什么都没做,王室顾问回答。这就是他的本来面目。

公主张了张嘴仿佛要说什么,但一个字也没说出来。

过来,王室顾问发话了,让我带你看看。

他从床上拿起髀骨立在墙边,用一段绳子将镜子挂在骨头顶端,然后将铁桶绑在骨头中间,最后把黑斗篷罩在了上面。

你看,王室顾问说道。你所看到的爱人的面庞,其实是你自己的脸在破镜中的倒影。你所听到的爱人的声音,其实是你自己的声音在破铁桶里的回声。当你抱紧他的时候,你感觉到的是你自己的手抚摸你的后背,因为你的怀中除了这根老髀骨之外再无他物。你确实是自私、傲慢,被宠坏了。你只爱你自己,根本不知道怎样去爱别人。无论什么样的追求者都不会让你满意的。结束这出愚蠢的闹剧吧,早点成婚。

公主抽噎了一声。她抓着自己的胳膊,把舌头咬出了血,扑通一声跪在她的"一夜情人"面前。当她再次起身之时,表情已经重归平静,嘴角带着坚定,眼中已经了无泪痕。

好,她说。我已经接受了教训。把求婚者们都召回来吧。我已经做好了下决定的准备。

求婚者再次在皇宫庭院中齐聚。公主穿行在人群之中,为自己让他们久等而道歉。然后,没有一丝犹豫或者迟疑,公主选定了自己的夫君:一位英俊善良、文武双全的年轻公爵。

一周之后，公主与公爵举行了大婚。王后喜形于色，国王也是心满意足。王室顾问依旧缄口不言，脸上却忍不住流露出得意之色。臣民们的不满顿然消解，可谓皆大欢喜。

公主大婚第二年，国王王后双双撒手人寰，公主也因此变成了王后。她那如今已继承大位的丈夫对她极尽礼敬。夫妇二人举案齐眉，王国风调雨顺，如此过去了许多年。

但是，就在二人结婚十年、王后诞下一双儿女之后，国王发现他真的爱上了自己的妻子。这让二人的关系一下子变得复杂起来，因为他再也无法对王后深深的哀怨熟视无睹。

国王深知，自己被选中一事定有隐情。他不是个傻子，知道自己在求婚时没有给公主留下什么超乎寻常的深刻印象。他尽量让自己不要为此分心，但有时仍然难以自控。他的猜想虽不中，亦不远：他的妻子当时另有所爱，她是在受到了阻挠后才选择了自己的。国王虽然不太介意自己被当作备选，但他不愿看到妻子整日愁云惨雾，而且他不禁怀疑，是否他们二人的婚姻正是妻子不快的根源。

于是，一天夜里，国王试探地问王后，她是否遇到了什么问题，他能否帮她做些什么。一开始，王后试图敷衍过去，但毕竟多年的夫妻情分，二人之间已经建立了一定的信任。最终，王后对国王和盘托出。

听完了王后的讲述，国王说：真是咄咄怪事。最奇怪的一点在于，我与你夫妻多年，对你十分了解。你哪里有自私、傲慢？又何尝被宠坏了？

我确实是那样的，王后说。我最了解我自己。

你怎么知道？

因为，王后低语道，我爱上了那个东西。我爱它胜过爱其他所有人。胜过你、胜过我的父母，甚至胜过我的孩子。这世上我唯一爱过的东西，竟然是一个用一面破镜、一只破桶和一根老髀骨组成的诡异之物。我与它同床共枕的那一晚是我此生唯一感到幸福的一晚。而且，即便知道它的真面目，我仍然想要它、渴求它、爱着它。到了这步田地，如果我不是被宠坏了，如果我不是自私、傲慢，如果我不是只爱自己的扭曲倒影、不懂得如何爱别人的话，那么这一切又该作何解释呢？

说完这番话，王后泣不成声。国王忙将她揽入怀中。对不起，他说，因为他此刻除了这句话，完全不知道该说什么才好。我能为你做些什么吗？

什么也做不了，王后说。我是你的妻子，是孩子们的母亲,是这个王国的王后。我在努力超越我的本性。我对你唯一的请求,就是希望你原谅我。

我当然原谅你,国王说。你没有做过任何错事,不需要任何人的原谅。但那晚,国王怀着满腹忧虑入睡,醒来后满脑子想的都是如何才能减轻王后的痛苦。他对她爱得深沉,哪怕只有他放手才能让她获得幸福,他也在所不惜——但她所爱之人只存在于她的想象中,还她自由之身又有何意义?

国王沉思多日,左右为难。最后,他来到王室顾问家中拜访,二人终于定下一计。尽管国王知道此计绝非上策,但看着王后日益凄苦憔悴,他感到自己绝不能坐视不管,否则长此以往,王后难免香消玉殒。

当晚,王后入眠之后,国王蹑足潜踪来到走廊,披上了一件长长的黑斗篷。他敲了敲王后的房门,待王后开门出迎,便举起一只破镜,遮住面门。

王室顾问给国王的这张破镜本身全无可取之处。即便是王国中最爱慕虚荣、最潦倒不堪的女人也会弃之不顾。镜面幽幽地闪着光,仿佛盖着一层油脂;一条深深的裂纹贯通上下,好像粘了一根长发。尽管如此,王后一见镜子,表情就变得温柔起来,这突然的变化简直令国王心碎。王后身体摇晃着,闭上了双眼,将嘴唇贴在了自己的镜中倒影上。噢,她低语道。噢,我真的好想你啊。我每天都在想你,每晚都梦到你。我虽然知道这样不对,但我只想跟你在一起。

我也想你,国王低声回答。但他一开口,王后便睁开了眼睛,向后倒退一步。

不对,她大叫着。不对!全错了。你不是他。你的声音跟他不一样。这不是我想要的!求你不要这样帮倒忙。

她扑倒在床上,国王躺在她身边她也不看一眼。

王后卧床三天才起身。两个孩子跑到母后床边,趴在她的腿上。王后抱住他们,但即便他们亲吻她的脸颊她也面无表情。孩子们叽叽喳喳地向王后讲述这一天的一件件小事,王后却隔了很长时间才开口,仿佛与孩子们相隔万里。

起初,国王试图尊重王后的意愿,任由她自怨自艾。但事到如今,国王见过了王后短暂的幸福瞬间,王后的哀怨变得更加难以忍受。日子一天天过去,王后依旧伤感、苍白、沉默寡言。国王相信,只要他能装得再像一些,他便能让王后转悲为喜。

于是没过多久,国王再次来到王后卧房门外,一手拿着一面破镜,另一只手拿着一只瘪了一个坑的铁桶。铁桶比镜子还要破旧——桶上锈迹斑斑、满是灰尘,不仅散发着酸臭的味道,桶底上还长了一大片牛奶一样的白色苔藓。

国王敲了敲门,王后开门应答。她看到镜子,表情再次柔和起来,让国王再次尝到了心碎的滋味。王后亲吻着镜子,轻声向想象中的爱人倾诉着甜言蜜语。只不过这一次,国王一声不吭,房间中只能听到王后独白的回响。喜极而泣的王后扑向国王宽阔的胸口——但他的双臂刚刚将她揽入怀中,她便睁开眼睛,挣脱开去。

不,她说。你不能这样欺骗我。你摸起来跟他完全不同。为什么你一定要让我伤心才肯善罢甘休?

王后无视国王的道歉,回到床上一卧不起。无论是国王的央告,还是女儿的乞求,抑或是王室顾问让她停止蠢行、为他人着想的诘责,都不能让她起身。她就一动不动地躺在那里,不吃也不喝。最终,国王下定决心,一定要做些什么保住妻子的性命。

这一次，国王完全放弃了要骗过王后的想法。他在日上三竿时带着老髀骨来到王后房中。那根骨头很长，表面锈黄，两头还连着少许肌腱，狗咬过的坑洞清晰可见。它散发着一股恶臭，像腐肉、像垃圾、又像胆汁，国王捂住了口鼻才勉强能将它拿起。国王强忍着恶心，用绳子把镜子和破铁桶拴在骨头上，又在上面套上一件黑色的披风，把它戳在墙角。他刚忙完，王后就睁开了眼睛，哼了一声。

为什么，她质问道，你为什么要这么做？我已经非常努力地克制自己了。

人皆有所爱，国王说。如果那就是自私、就是傲慢、就是被宠坏，那就随它去吧。我爱你，你的孩子们都爱你，王国里的子民都爱你，我们不想再看你受苦。

王后从床上站起身，双腿无力，身子也晃晃悠悠的。在国王的注视下，她饱含深情地看着破镜，轻声细语地对铁桶倾诉，张开双臂将老髀骨抱在怀中，脸上露出了微笑。

接下来的几天，王后开始吃仆人们送来的膳食、喝仆人们送来的美酒。很快，她的黑眼圈开始消退，两颊也不再消瘦。虽然国王为自己的妻子已经脱离绝望的深渊而感到欣喜，但王后抱着一堆垃圾柔声细语地讲情话的场面还是让他难以直视，于是他离开了王后的房间。第二天，国

103

王回到王后的房中，却发现王后竟将那污秽不堪之物带上了他们二人的床榻。他试图让王后改变心意，但他刚一靠近，王后就满腔怒火地呵斥他走开，吓得国王倒退几步，连忙出了门。

一周之后，王后的孩子们又开始找妈妈了。国王来到王后的房中，却看到她全身赤裸躺在床上，着魔似的用嘴拱着镜子，不停地对着铁桶轻声说话，怀里则抱着那根老髀骨。

你想干什么？国王走到床边时，王后眼皮都不抬地问道。

孩子们想念你，国王说。你能否出来陪他们玩一会儿？

让他们到这儿来，王后说。他们可以在这儿玩。

绝对不行，国王满脸恶心地说。快去照顾你的家人。

这个……这个东西会在这里等你的，你回来的时候它还在这儿。王后低声嘟囔了一句，然后歪过头去听铁桶里传来的回音。突然，她脸上浮现出了一种诡异的可怕表情。

噢，她狡诈地说。我明白了。明白了，铁桶中传出了低低的回音。是的，王后应和着，我明白了。

你在说些什么啊？国王问。

你想把我支开，王后说。你吃醋了。我只要一离开房间，你就会潜进来偷走我的镜子、我的桶和我的老髀骨，然后我就又是孑然一身了。

孑然一身，铁桶嘀咕着。

没错，王后恶狠狠地说。孑然一身。

求求你——国王哀求道。请你听我一言。我来这里并非是要——

滚出去！王后怒斥道，随后便开始厉声嘶喊。她尖利的喊声经过铁桶的反射，充满了整个房间：

滚开！滚开！快滚开！

那件事之后，国王也疯了。他下令将宫中仆佣的舌头割下，以免他们将王后的丑事外传。他下令罢免了王室顾问，并派杀手永远地封住了他的嘴。他对孩子们撒谎说，他们的母后重病缠身。他出台法律，禁止人们谈论王后的事情。但即便如此，臣民中依旧流言四起。有人说，每天深夜，王后都会走出卧房，在她那怪物情人叮当作响的陪伴下，登上城墙巡行。

国王索性当自己的妻子已经去世，把全部心思放在治国上。他不再看望王后——尽管有时候在深夜里，他梦游之中突然醒来，会发现自己站在王后卧房门外的走廊中，已经抬起的一只手就在王后卧房的门边。

如是过去了一年、五年、十年。终于，不堪重负的国王再次来到妻子卧房门前，打算跟她再谈一次，然后亲手了结自己的生命。

王后的卧房中灯光昏暗，只有一支烛火在墙角里摇曳不定。国王起初以为房中空无一人，随着眼睛适应了房中的幽暗，才看出一个不时翻滚的黑影。床榻的方向传来一阵叽叽喳喳的耳语，像极了藏身石头之下的地蚕在石头被掀开时发出的声音，令人毛骨悚然。国王正欲遁走，这时一道月光穿过窗户照在床上，现出了床单下的交缠之物。

此时面对着他的是一个瘦骨嶙峋的恐怖生物：蓬头乱发，肤无血色，一双早已适应了黑暗的眼睛大而无神。它张开嘴巴露出尖牙，含混不清地嘶叫着。它一丝不挂，肩胛骨在紧贴的皮肤下耸动着，就像一对没有发育成型的翅膀。这个曾经身为一国王后的怪物梦幻一般地缓缓滑下床榻，朝着国王爬了过来，身后还拽着那面镜子、那只铁桶以及那根老髀骨。

国王尖叫着朝门口跑去，但就在他跑到门口的一刻，当年初见之时妻子的倩影浮现在眼前——那个面容温柔、笑靥如花的女孩子啊——刚才的恐惧立即淹没在油然而生的怜悯之心中。

他鼓足勇气回到房里，跪在了他曾深爱过的女人面前。非常抱歉，他悄声说。万籁俱寂，他只能听到自己的声音在铁桶中回响。

对不起。

轻轻地，轻轻地，国王试图从王后紧握的手中取出那根髀骨。王后颤抖着，死死地抓着骨头不愿放手，但她的力气毕竟敌不过国王。她毫无征兆地突然松手。国王手一滑，髀骨掉落在地，铁桶碰撞地面当啷作响，镜子则摔了个粉碎。

王后见此场景，先是满脸疑惑地皱了皱眉。有那么一瞬间，似乎原先的她又回来了。接着，她仿佛被人割断了脚筋一样突然扑倒在地，国王连忙上前拉着她的胳膊想要扶起她。她一只手在地上划拉着，抓起一片镜子碎片，抬手一把划过了国王的喉咙。

第二天一早，王后从房间里走了出来。她仍然瘦骨嶙峋、面如死灰，但当她开口说话时，声音温柔，咬字清晰。她向人们讲述了前一晚发生的悲剧；讲述了因多年的哀伤变得疯狂的国王如何来到她的卧房，在她的面前割开了自己的喉咙。她说自己尽管卧病多年，但如今已经大大好转，完全可以代她的丈夫处理国事。这诡异的故事叫人难以置信，更何况王后说这番话时目光癫狂，但她毕竟贵为王后，没有人胆敢质疑她的金口玉言——她自己的孩子们也没有这个胆量。

于是，王后继承大位，成了女王。不久之后，她的身边就出现了一个身穿破旧黑色斗篷的身影。虽然人们无法靠近女王身边仔细观察，但那黑斗篷中散发出的阵阵恶臭却是离着多远都能闻到。间或，当女王靠近黑色斗篷身边倾听它的意见时，那些跪在女王面前的臣子们都觉得在黑色斗篷的兜帽中看到了女王的脸——只不过兜帽中的那张面孔似乎支离破碎。如是，女王安度余生。她去世后，人们遵照她的遗愿，将黑色斗篷放在她的身边，同棺安葬。

女王的子女们长大、衰老，相继撒手人寰。没过多久，王国便陷于外族之手。地下，铁桶中回荡着蛆虫啃噬骨肉的声响，破镜上映照着肌肤化为脓水的惨象。女王的悲剧很快便被世人遗忘。她的墓碑被倾覆在地，碑上篆刻的名字被风雨侵蚀。百年之后，老髀骨埋没于如山白骨之中，破铁桶也早已归于沉寂，而破镜中空余一只雪白的骷髅，干干净净。

猫派

秋季学期快结束的一个周三晚上,玛戈结识了罗伯特。当时,她在城区那家颇具艺术气息的电影院小卖部兼职,而他来买了一大份爆米花和一盒"红藤"牌的红蜡糖。

"这个选择……真是不同寻常啊。"她说,"你好像是我遇到的第一个买红蜡糖的客人。"

跟顾客调情是她在咖啡厅当服务生时养成的习惯,能帮她赚到更多小费。在电影院她赚不到小费,这里的工作实在太无聊了。何况她确实觉得罗伯特有点可爱。不是那种在聚会上能让她主动上前搭讪的可爱,但如果两人一起上课,她很可能会对他暗生情愫——虽然她非常确定,他至少二十五六岁,已经不是学生了。他个子很高,是她喜欢的类型,卷起的上衣袖子下缘隐约可见露出的文身。不过他有点太壮了,胡子也有点长,向前缩着肩,仿佛在保护着什么。

罗伯特没接茬。或者他接茬的方式就是后退一步,仿佛在引逗她再贴近一些,再努力一点。

"哦，好吧。"说着他把零钱装进了口袋里。

但是一周之后，他又来了，而且又买了一盒红蜡糖。

"你有进步啊。"他告诉她说，"这次没损我。"

她耸耸肩。

"我要升职了。"她说。

电影散场后，他回来找她。

"小卖部的姑娘，把你的电话号码给我吧。"他说。于是她就给了，连她自己都感到惊讶。

红蜡糖事件之后，玛戈与罗伯特在接下来的几周里通过短信互发段子，你一言我一语节奏飞快，有时候玛戈甚至会感觉有点跟不上。罗伯特非常聪明，玛戈觉得她得努力一些才能给他留下印象。没过多久她注意到，她给他发信息的时候，他都是秒回，但是如果她过了几个小时才回复的话，他接下来一条信息总是非常简短，并且不会包括任何问题，显然是让她来决定是否要发起新的话题——她一般都会。有那么几次，她忙于其他事情，一两天都没回复，心想他们的缘分是不是就到此为止了。但她总会想到什么有意思的事情，或者在网上看到什么与他们的对话有关的图片，然后聊天就会继续下去。虽然聊了一段时间，但两人从来不谈任何私人事务，因此她对他的情况仍然知之甚少。不过，只要能机智地接上几个来回，他们就都会有一种兴奋的感觉，仿佛在跳双人舞。有一天晚自习，她跟他抱怨学校里所有的食堂都关门了，自己的零食补给还被室友"洗劫一空"，房间里找不到一点吃的。他主动提出给她买红蜡糖充饥。她为了能专注学习，开了个玩笑想要岔开话题，但他说："不，我是认真的，别犯傻了，现在就来找我。"于是她在睡衣外面套上马甲，出门跟他在 7-11 碰头。

当时已经晚上十一点了。他直接上来跟她打招呼，没有任何客套，就好像他们天天都见面一样。他拉着她走进商店里选零食。那家店没有红蜡糖，于是他给她买了一杯樱桃可乐味的"思乐冰"、一袋多力多滋薯片，还有一只青蛙叼烟卷造型的打火机。

"谢谢你给我买的礼物。"两人离开商店之后，她对他说。

罗伯特戴着一顶遮住耳朵的兔毛帽子，穿着一件老式的厚羽绒服。她觉得他穿这身很好看，尽管真的有点土。帽子凸显出他的伐木工气质，而厚实的外套很好地遮住了他的肚子以及看上去让人有点心酸的圆肩。"别客气，小卖部女孩儿。"他说，尽管他当时已经知道她的名字了。

她以为他要凑过来吻她，便做好了躲闪的准备，并计划允许他亲她的脸颊。谁知他并没有亲她的嘴，而是抓住她的胳膊把她拉近自己身边，轻轻地吻了一下她的额头，仿佛她很珍贵一样。

"好好学习啊，甜心。"他说，"下次见。"

回寝室的路上，她感觉自己整个人都轻飘飘的，仿佛有什么东西在心里一闪一闪地发光。她明白，这是春心萌动的信号。

放假在家期间，他们一直不停地短信联系。他们不但会互相发些好笑的段子，还会交流自己近来的生活。他们开始互道早安晚安，并且当她问了一个问题而他没有立即回复的时候，她会感觉焦虑和不安。

罗伯特对她说起他有两只猫，一只叫作Mu，一只叫作Yan。于是他们给猫编起了故事。大意是玛戈童年时养的猫Pita给Yan发信息勾引她，但每次Pita联系Mu的时候都是一副公事公办的样子，态度十分冷淡——究其原委，Pita是嫉妒Mu和Yan之间亲密的关系。

"你怎么总在发信息？"玛戈的继父一天吃饭时问她，

"你是不是谈恋爱了?"

"是的。"玛戈说,"他叫罗伯特,我们是在电影院认识的。我们非常相爱,并且可能会结婚。"

"嗯,"继父说,"告诉他我们要问他几个问题。"

我父母在打听你的事情,玛戈给罗伯特发信息说。罗伯特回了一个两眼桃心的笑脸表情。

玛戈终于回到了学校,迫不及待地想见罗伯特,罗伯特却有点神龙见首不见尾。抱歉,这周工作忙,他回复说。我保证完事尽快找你。玛戈不喜欢这样的回复,她觉得形势仿佛已经变得对她不利。终于,他主动约她出去看电影,她立即答应了。

他想看的那部电影在她兼职的影院就有上映,但她提出去市郊的那家多银幕影院看。毕竟去那里要开车,学生们不经常去。当天,罗伯特开着一辆白色思域来接她。车身沾满了泥点,前排的杯托塞满了糖纸,直往外掉。车启动了,他出乎意料地安静,也不怎么看她。没过五分钟,她就感到极度不适。随着车开上了高速公路,她开始意识到他完全可能把她劫到什么地方先奸后杀——毕竟她对他几乎一无所知。

就在她胡思乱想的时候,他终于开口了:"别担心,我不会杀了你的。"她开始怀疑自己是否是咎由自取——谁让她神经兮兮、疑神疑鬼,好像每次约会都要冒生命危险一样?

"没事——你想杀了我也没关系。"她说。他听了这话笑了,轻轻拍了拍她的膝盖,然后再次回归尴尬的沉默。无论她聊什么,他都一言不发。到了影院,罗伯特在小卖部的收银柜台前跟店员开了一个红蜡糖的玩笑,但对方反应冷淡,导致一时间气氛十分尴尬,玛戈更是抬不起头来。

电影放映全程,他既没有拉她的手,也没有搂着她。等到电影结束,他们回到停车场,她基本确信他已经变心、不再喜欢她了。她那天穿的是紧身裤和汗衫,也许就是因为这个吧。因为他们上车的时候,他说了一句"谢谢你今天盛装赴约啊"。她知道他可能就是想开个玩笑,但是转念一想,也许他是觉得她对这次约会不够重视。毕竟他穿的是卡其裤和领口带纽扣的衬衫。

"想喝点什么吗?"一回到车里,他便问道,仿佛保持礼貌是她强加给他的义务。玛戈明白,他显然是期待自己说什么也不喝,这样他们接下来就再也不用说话了。这让她感到悲哀——与其说是因为她还想继续跟他在一起,倒不如说是因为她整个假期一直心心念念地想着他,却没想到他们俩这么快就走到了分手的边缘。这不公平。

"我们可以去喝点东西,是吧?"她说。

"如果你想的话。"他说。"如果你想"这几个字太让人不痛快了,她一声不吭地坐在他的车里,直到他戳着她的腿问她:"你生什么闷气呢?"

"没什么,"她说,"我有点累了。"

"我可以送你回家。"

"不用,我想喝点东西,尤其是看完那部电影之后。"尽管他亲自挑选的电影一直在主流院线放映,但影片的主题是关于种族屠杀的,十分压抑,简直没有比它更不适合初次约会看的片子了。他第一次提议看这部电影的时候,她就回复说"哈哈哈哈哈你认真的吗",他开玩笑说看来他错误地判断了她的品位,并表示可以带她去看一部爱情片。可是如今,他聊起这部电影就会露出痛苦的表情,这让她觉得今晚的事情可以有完全不同的另一种解读方式。或许他提议看这种种族屠杀主题的电影只是想给她留下深刻的印象。因为他不知道,即便她真的是他以为的那种艺术影院的工作人员,即便他想用带她看所谓的"严肃"电影的方式彰显自己的艺术品位，也不应该选择这部片子。或许她回复的那句"你认真的吗"伤害到了他，把他吓着了，让他觉得和她相处很不自在。这种脆弱让她有一点感动，让她想对他好一点。

他问她想去哪儿喝点东西，她说了她常去的一个地方，但他做了个鬼脸，告诉她那周围住的都是穷学生，他要带她去一个更好的地方。他们去了一个她从没去过的酒吧，有点像一个非法经营的地下酒吧，连招牌都没有。他们前面还有几个人在等位。排队的时候，她一直想着要怎样和他说，越想不出来越烦躁不安。于是，当门卫要求她出示身份证件的时候，她想都没想就直接递给他了。门卫连看都没看，笑了笑对她说："嗯，你不能进。"然后示意她站到一边，招呼后面的人往前走。罗伯特已经在她前面先进去了，完全没有注意到她被落在了后面。"罗伯特。"她轻声叫道，但是他没有回头。

最后，还是一个在前面排队的人注意到了玛戈，拍了拍罗伯特的肩膀。他这才顺着那人的示意看到了路边手足无措的玛戈。

她尴尬地站在原地，等着他向她走过来。"不好意思，"她说，"这真是太让人难为情了。"

"你多大了?"他问道。

"二十。"她说。

"哦,"他说,"我记得你说过你比二十要大。"

"我跟你说过,我在读大学二年级!"她说。在酒吧门口被当众拒之门外已经够让人难堪的了,结果罗伯特现在盯着她,好像是她做错了一样。"可你不是——那个怎么说来着?对,你不是间隔了一年吗?"他反口问道,仿佛这句话可以立即把她驳倒似的。

"我不知道该怎么跟你说你才能明白。"她无奈地表示,"我今年二十岁。"说到这里,她莫名其妙地感到泪水刺得她的眼睛痛——没有一件事让她顺心,怎么这么难啊!

可就在罗伯特看到她哭丧着脸的一刻,奇迹发生了。他周身顿时舒缓下来,直起身,伸出他熊一样的手臂抱住了她。"哦,甜心。"他说,"哦,甜心,没事的。别难过了。"她毫不反抗,靠在他的身上,心中涌起跟那天在7-11店外一样的感觉——她对他来说就像是一件珍贵的宝物,他生怕把她摔碎了。他亲吻了一下她的头顶,于是她便笑了,一把擦干了脸上的眼泪。

"真不敢相信,我竟然因为不能进酒吧就哭了。"她说,"你肯定觉得我是个白痴。"但她看着他深情款款地凝望自己的样子，就知道他肯定不会那样想。她看清了他眼中的自己：片片雪花从天而降，在朦胧的路灯光晕映衬下，她脸上还挂着眼泪，笑起来的模样十分动人。

然后，他吻了她，而且是实实在在地吻到了她的嘴唇上；他猛地扑到她身上，几乎是把舌头捅进了她的喉咙。那是一个非常糟糕的吻，简直可以说是恐怖。玛戈难以相信，一个成年男人竟然吻技如此之差。尽管初次接吻的体验令人生厌，但却再次让她的心中生起对这个男人莫名的好感。虽然对方年纪比她大，她却比他懂得更多。结束了那个吻之后，他一把拉过她的手，带她去了另一个酒吧。那里有台球桌、弹珠机，地上撒着锯末，而且门口没有人查身份证。在酒吧的一个卡座里，她看到了大一那年曾当过她英语课助教的一个研究生。

"我给你拿一杯伏特加苏打水？"罗伯特问她。听语气，她觉得这可能是一个玩笑，嘲讽大学女生的饮酒品位，但她从来没喝过伏特加苏打水。其实她拿不准应该点什么，还有点紧张。她之前去过的地方都是在吧台验身份证，所以每次都是年龄二十一岁以上，或者拿着伪造身份证的朋友买回一大罐蓝带或者百威啤酒给大家分着喝。她不知道如果自己点名要蓝带或者百威淡啤，会不会又招来罗伯特的嘲笑。于是,她干脆含糊地说:"我要一杯啤酒就好。"

在见到玛戈哭又吻过她之后,罗伯特拿着啤酒回来的时候看起来轻松了不少,又变回了那个会跟玛戈聊天的诙谐机智之人。他们聊得越深入,玛戈越觉得罗伯特之前的表现并非源于愤怒或是不满,而是因为紧张,担心会让她不开心。他时不时提起她最初对那部电影的不屑一顾,说他看电影的过程中经常偷偷瞥她一眼,观察她的反应。他揶揄地说她品位太高级,太难取悦了,都怪她上的那些电影课——尽管他清楚她只是上过一个讲电影的暑期班。他开玩笑说,她跟那些艺术影院的同事们肯定经常围在一起嘲讽去主流影院看电影的人,毕竟那种地方不供应红酒,甚至还有IMAX 3D电影。玛戈听着他把自己描绘成一个看不起别人、品位高端的资深影迷,也跟着笑了笑。但是他这么说一点也不公平,明明是她提议要去看大众商业片的。

只不过玛戈同时也意识到,她之前的提议可能伤害了罗伯特。她以为自己不想在上班的地方约会再正常不过,但或许罗伯特把这解读为针对他而做出的一个决定。也许他怀疑,她是不想被同事们看到跟他在一起。她开始觉得自己已经能够理解他——理解他的敏感、他的脆弱。这让她觉得拉近了和他的距离，也让她感到自己更强大了。因为她知道了他会因何而受伤，也知道了要如何抚慰他的伤痛。她问他喜欢什么电影，两人聊了很多。然后她又放低姿态，说艺术影院也有很多文艺片让她觉得无聊或者看不懂。她这招立竿见影，罗伯特瞬间表现出肉眼可见的舒心。玛戈觉得自己像是在养一匹马或者一只熊，某种敏感多变的大型宠物。她连哄带骗，巧妙地让他听命于自己。

喝到第三杯啤酒的时候，她开始想象跟罗伯特做爱会是什么感觉。或许会像刚才那个糟糕的吻一样笨拙而多余，但只要一想到他亢奋、饥渴而急于取悦她的样子，她就感到一阵暗流涌动的欲望，像被橡皮筋弹在皮肤上一样微微刺痛。喝完了这一轮，她大胆地说："我们是不是该离开了？"听了这话，他似乎有一瞬间受到了伤害，觉得她是想提前终止这次约会。她拉着他站起来。他回过神来时脸上的表情、温顺地跟着她走出酒吧的样子，还有他的手心潮湿的汗水，都让她再次感到了那股橡皮筋弹抽一样的奇异痛觉。

来到外面，她主动凑到他身边让他吻她，但出乎她意料的是，他仅仅用嘴轻轻碰了一下她的嘴唇。"你喝醉了。"他带着责怪的口吻说。

"没有,我没醉。"但她确实喝醉了。她靠在他的身上,在他身边感受着自己的娇小。他则在战栗中发出一声长叹,仿佛她太过明亮耀眼,让他根本无法直视,仿佛她就是一种令人无法拒绝的诱惑。

"我送你回家吧,小不点。"他说着示意她上车。上了车,她又一次靠在他肩上。没过多会儿,就在他的舌头马上就要伸进她嗓子里的时候,她微微向后一躲,这才终于享受到她喜欢的轻柔的深吻。片刻之后,她跨骑在他的身上,感受着他火热的欲望。每当她扭动身躯,他都会发出一阵阵焦躁的、尖锐的呻吟,让她不禁觉得有些夸张。突然,他一把推开她,转动钥匙,启动汽车。

"小孩子才在汽车前座上搞,"他装作嫌恶的样子说,"你都二十了,不该干出这种事了。"

她冲他吐了吐舌头。"那么,你想去哪儿呢?"

"你那儿?"

"呃,这个真不行。我室友怎么办?"

"哦,好吧。谁让你还住在寝室。"他说,就好像她应该为此道歉似的。

"那你在哪儿住?"她问道。

"我自己有房子。"

"我能不能……去你家?"

"没问题。"

罗伯特的家在一个绿树成荫、环境优雅的小区,离玛戈的学校不远,房子门口还挂着一串喜庆的彩色小灯。他下车之前,冷着脸仿佛发出警告一样对她说:"有言在先,我养了猫。"

"我知道。"她说,"你跟我聊过,你忘了?"

在门口,他花了好长时间找钥匙,时不时低声骂一句。她抚摸着他的后背,想让刚才好不容易建立起来的情绪延续下去,但她的抚摸似乎只让他更加慌张,于是她赶紧停了手。

"呃。这就是我家。"他推开了门,干巴巴地说道。

眼前的房间灯光昏暗,到处都摆满了东西。玛戈逐渐适应了房间里的光线,看出了那些都是什么。他有两个摆得满满当当的书柜、一架子黑胶唱片、各种桌游,还有好多画——是那种用画框装裱起来的画,不是直接贴在墙上的海报。

"我喜欢这里。"她发自内心地说,同时她意识到自己此时感受到的是欣慰。她想起自己以前从来没有去过别人家里做爱，因为她之前约会的都是同龄的男孩子，跟他们在一起的时候总要躲躲藏藏，只有室友不在时才能偷偷亲热一下。如此深入别人的地盘，对于玛戈来说是一种全新的、甚至有点吓人的体验。与此同时，罗伯特的房间陈设表明他们有共同的兴趣爱好——哪怕只是从艺术、游戏、读书、音乐这些最宽泛的层面而言。这让她感到自己选对了人。

就在她胡思乱想的时候，她发现罗伯特正盯着她看，应该是在观察她对于他家的印象。仿佛恐惧还不准备就这样放过她一样，她忽然觉得也许这并不是一个普通的房间，而是一个陷阱，其目的就是为了骗她相信，他也是一个正常人，就跟她一样。这栋房子里的其他房间很可能要么全是空的，要么就是阴森恐怖的鬼屋，里面或是摆满了死尸，或是关着被绑架来的无辜之人，或是已经摆好了锁链和刑具。但就在这个时候，他开始吻她，一边吻一边把她的包和两人的外套甩在沙发上，拥着她进了卧室，同时上下抓摸着她的屁股和胸脯，其饥渴和笨拙程度堪比刚才的那个吻。

卧室并不像她想象的那样空无一物，但确实比客厅东西少。卧室里放了一张箱式弹簧床,上面铺着床垫,没有床架。橱柜上放着一瓶威士忌,他对瓶吹了一大口,把酒瓶递给了她。然后他便蹲下身,打开了笔记本电脑。玛戈见状先是一愣,随后才反应过来,原来他是要放音乐。

玛戈坐在床上,看着罗伯特脱掉上衣,解开腰带,把裤子退到脚踝,才发现没脱鞋,再弯腰去解鞋带。玛戈看着他尴尬地撅着屁股弯着腰,看着他肥软的长满体毛的肚皮,心想:天哪,不要。但这件事毕竟由她而起,事到如今要全身而退似乎势比登天——那需要圆滑的见机行事和精湛的技巧,玛戈对此感到无能为力。她并不是怕他会违背她的意愿强行无礼,而是因为她做了那么多努力才把事情推到了这一步,如果她现在坚持退出,就会让她看起来像一个被宠坏了的任性的孩子。就好像她去餐厅吃饭,明明点好了一道菜,但是菜一上来,她就变卦退单了。

她猛灌了一口威士忌,想迫使自己停止抗拒、坦然接受。但他一压在她身上,便开始胡乱地亲吻,一只手僵硬地在她的胸上抓弄了几下,接着伸进了她的两腿之间,仿佛在她身上画着淫邪的倒十字。她开始呼吸困难,感觉自己可能终究难以坚持到底。

她挣扎着从他身下钻出来,翻身骑到了他身上,闭上眼睛回想着他在7-11便利店门前亲吻她额头的场景，这才感觉好了一些。重新振奋精神的她脱掉了上衣。罗伯特伸手从她的胸罩里抓出一只乳房，让它一半露在罩杯外面，用他的拇指和食指捏揉着乳头。这个动作一点也不舒服，于是她赶紧向前倾身，把乳房整个递进他的手掌里。他明白了她的暗示，伸手去解她的胸罩，却死活也解不开上面的搭扣，就像在门口找不到钥匙时那样猴急起来。费了半天劲，他最后生硬地说："把那玩意儿脱了。"她照做了。

她脱掉胸罩之后，他看她的表情跟她曾经坦诚相见过的男生相比有过之而无不及——她之前曾经有过六个男人，也不算多，罗伯特是第七个。他在愉悦中目瞪口呆，像一个心满意足的孩子。她想，或许这便是关于性爱她最喜欢的一点——性爱能让一个男人把自己的真面目暴露无遗。相比之前的六个男生，罗伯特对她肉体的欲求表现得更加充分，尽管他的年纪比那几个男生都大，按理说见过的女人的胸部和身体比他们要多。但或许年龄的差距正是让罗伯特如此兴奋的一部分原因，毕竟他的年纪比她大不少。

就在他们接吻之时，她意识到一股令她自己都羞于承认的单纯的自恋幻想充斥着她的脑海。"看看这个姑娘，"她想象着他的心理活动，"她是如此完美，她的胴体是如此完美，关于她的一切都是如此完美，而且她只有二十岁，她的皮肤简直无懈可击，我太想要占有她了，我从来没有过这么强烈地想要占有一个女人，为了她我甚至可以去死。"她越是想象他的熊熊欲火，就越是觉得兴致盎然。没过多久，他们便交缠在一起，有节奏地扭动。她把手伸进他的内裤，他再次发出那种女生一样尖锐的惨叫，她真希望有什么办法能让他不要再那样叫了，却想不出合适的方式。这时他的手也伸进了她的内裤，湿润的触感让他明显放松下来。他十分轻柔地拨弄着手指，她也紧咬嘴唇，配合地表现出享受的样子。但他突然用力地捅了她一下，她疼得一缩身，他这才赶紧抽回了手。"对不起！"他说。接着，他急迫地问道："等等，你是第一次吗？"

这一晚是如此前所未有的诡异，以至于她差点脱口而出说"是"。但她转念一想，明白了他的意思，于是大笑起来。

她也不想笑。她非常清楚，尽管罗伯特或许享受别人跟他调情式的轻笑，却完全不能忍受成为他人嘲笑的对象。但她实在没忍住。把自己的处子之身交出去曾是她生命中一场旷日持久的大事件。为此，她不仅跟交往两年的男友展开了长达数月的激烈讨论，专程拜访了妇科医生，还跟妈妈进行了一次尴尬得要命却十分有帮助的深谈，妈妈不仅帮她订了房间，还在事后给她寄了一张贺卡。在经历过如此耗时费力却又充满情感的仪式之后，竟然有人觉得她会在看了一部装腔作势的大屠杀题材电影、喝了三杯啤酒之后就随随便便地走进一间陌生的房间，把自己的第一次交给一个她在影院认识的男人？这太滑稽了，所以她才难以自持，甚至有些神经质地笑出了声。

"对不起，"罗伯特冷冷地说，"我确实不知道。"

她的笑声戛然而止。"没事，你这么问……也没毛病。"她说，"这不是我的第一次。抱歉我刚才笑场了。"

"你不需要道歉。"他说。但她从他的表情，以及他的身体反应可以看出，她需要道歉。

"对不起。"她以反省的口吻再次道歉。突然，她灵光一现，说道："我想，我可能是有点紧张吧？"他眯缝着眼打量着她，好像对她的话难以置信，不过最终他似乎还是接受了这个说法。

"你不用紧张，"他说，"我们慢慢来。"

得了吧，她心想。然后，他便再次爬了上来，压在她身上吻她。她很清楚，她已经失去了享受这次约会的最后一次机会，但是她还是得坚持到底。她看着赤身裸体的罗伯特往自己毛茸茸的肚皮下半露的生殖器上戴避孕套，感到心中升起一股足以驱动她翻身下床的嫌恶。他突然再次粗暴地把手指捅进她的身体。她想象着从半空中俯瞰此时的自己，一丝不挂、手脚张开，还有这个油腻老男人的手指。想到这里，她的嫌弃变成了对自己的憎恶和羞耻，刚才荡漾的春心已经荡然无存。

整个过程中，他不断生硬地变换着体位，一会儿把她翻过来，一会儿把她推到另一边。她感觉自己又成了一个娃娃，就像在7-11便利店外面那时一样，只不过这次不是一个珍贵的娃娃了，而是一个用橡胶制成的娃娃，是专为他脑海中放映的小电影准备的道具。她在上面的时候，他会拍打着她的大腿说："对了，对了，你就喜欢这样。"他的语调让她分不清这话到底是疑问句、陈述句还是祈使句，而当他把她翻过来的时候，就会贴在她耳边低吼一些污言秽语，她把脸埋进枕头里才让自己没有再次笑出来。最后他越来越疲软，但每次冲刺的时候都会强势地大喊"你让我硬得不行"，仿佛谎言可以让愿望成真。终于，经过了一阵兔子般癫狂的耸动之后，他一阵哆嗦，像伐倒的大树一样倒在她身上，快要被压得喘不过气的她则略带嘲讽又幽默地想道："这是我一生中做过的最糟糕的决定！"她为自己而惊叹，为自己竟然能卷进如此诡异而费解的事情感到讶异。

歇了一会儿，罗伯特从床上爬起来，手里紧捏着安全套，劈着腿晃晃悠悠地冲进了洗手间。玛戈躺在床上，呆呆地望着天花板。这时，她才注意到，原来天花板上贴着很多小贴纸，就是那种夜光的小星星和月亮。罗伯特从卫生间里出来，走廊微弱的灯光映出他的轮廓。"接下来你想干什么？"他问。

"我们应该自行了断。"她在想象中如此答道。接着她想到，在这广袤宇宙中的某个角落，会有一个男孩跟她感同身受，觉得这整件事恶心又好笑。未来的某一天，她会把这一切都讲给他听。她会说："然后他说'你让我硬得不行'。"那个男孩儿就会痛苦地大叫着，对她说："哦，天啊，求你别说了，千万别再说下去了，我再也听不下去了。"接着两人相拥在一起，一个劲儿地笑啊笑啊——不过当然，这样一个时刻不会到来，因为这样的男孩并不存在，未来也不会存在。

于是她咽下了心里想说的话，耸了耸肩。罗伯特说："要不我们看一部电影吧。"说着他走到电脑前，下载了什么东西。他究竟下载了什么，她并没有留意。不知为什么，他选择了一部带字幕的电影,而她一直处于上下眼皮打架的状态,因此根本不清楚电影讲的是什么。看电影的全程,他一直轻抚着她的头发,时不时轻吻她的肩膀,似乎他已经忘了,就在十分钟之前,他还在宛若拍黄片一样把她扔过来扔过去,一边低吼着说些烂俗的脏话。

他突然开始没头没尾地说起对她的感情。他倾诉着她放假回家的那段日子他是多么的难熬,因为他不知道她是不是曾经有过一位高中前男友、会不会跟他旧情复燃。原来就在那短短两周时间里,他内心上演了一部隐秘的戏剧:她离开校园回家的时候还是他——罗伯特的女朋友,但到家之后却再次回到了高中前男友的身边。在罗伯特的想象中,前男友是一个相貌英俊但举止粗鲁的体育健将,凭他自己根本配不上玛戈,但他的家族在萨琳高贵的地位让他成了众多少女的梦中情人。

"我很担心你会做出一个不明智的决定,影响到我们之间的关系。"他说,"但我的确应该相信你的。"我高中时候的男朋友是同性恋,玛戈在脑海中回答道。高中时我们就很确定他是同性恋,但他直到多年之后上了大学、睡了几个姑娘才意识到这一点。实际上,他现在甚至不能百分之百确定自己是不是个男的。放假期间我们确实花了很长时间讨论如果他选择成为"非二元性别人士"究竟会有什么影响。但是这种情况下,我们肯定不能发生性关系。如果你担心的话,可以直接问我,很多事情你都可以直接问我。但这些心里话她都没有说出口。她只是静静地躺着,散发着阴郁的气场,直到罗伯特的声音越来越微弱。"你还醒着吗?"他问她,她回答说还醒着。他说:"你还好吗?"

"你到底多大了?"她问他。"

"我三十四,"他说,"怎么了?"

她在黑暗中感到他因恐惧而瑟瑟发抖。"没什么。"她说,"挺好的。"

"那就好,"他说,"我本来想跟你说的,但是我不知道你能不能接受。"他翻身亲了一下她的前额,她感觉自己像一只被撒了盐的鼻涕虫,在他的死亡之吻下慢慢溶解。

她看了一眼时钟,快凌晨三点了。"我该回去了。"她说。

"真的?"他说,"我以为你要留下来过夜。我炒的鸡蛋可好吃了!"

"谢了。"她说,边说边穿上自己的紧身裤,"可惜我不能。我室友会担心的。没办法。"

"是啊,该回寝室了。"他说,字里行间充满了讽刺的意味。

"嗯,"她说,"毕竟我住在那儿。"

回去的路似乎没有尽头。雪已经变成了雨。二人都一言不发。罗伯特终于憋不住了,打开车载广播调到了深夜的全国公共电台。玛戈想起他们沿着高速路往影院开的路上,她曾经幻想他可能会杀了她。此时她觉得,或许这一次他真的会动手。

他并没有。他把她平平安安地送回了寝室。"我今晚过得非常开心。"他边解开安全带边说。

"谢谢你。"她说着抓起了背包,"我也是。"

"我真高兴我们终于有时间出来约会了。"他说。

"约会,"她在心里对自己想象中的男朋友说,"他管那叫约会。"说完两人又笑了起来。

"别客气。"她说着伸手抓住了车门把手,"谢谢你带我看电影。"

"等等。"他说着,抓住了她的胳膊,"过来。"他把她拉回来,双臂环抱着她,最后一次把舌头捅进了她的喉咙。"老天,什么时候结束啊?"她问自己想象中的男孩,但是他没有回答。

"晚安。"她说,说完便打开车门逃回了寝室。她刚到寝室房间，就收到他发来的一条短信：没有一个字，只有桃心表情、桃心眼笑脸表情，不知为什么还有一个海豚表情。

她一觉睡了十二个小时，起床之后在食堂吃了点华夫饼，连看了几集奈飞①上的侦探剧，幻想着有没有什么办法能在她什么都不用做的情况下，单凭意念就让他人间蒸发。她刚吃完晚饭就收到了他的短信，是一个关于红蜡糖的笑话，她扫了一眼便立马删除了——尽管他好像也没对她做过什么太过分的事情，但她光是看到就会觉得恶心。她告诉自己，她还欠他一条分手信息，毕竟不说一声就消失太不合适，幼稚又残忍。更何况，如果她真的想要不通知他就单方面分手，谁知道他会多久才能反应过来？他可能会继续发好多信息给她，甚至可能就这样永远发下去。

于是，她开始写分手短信：非常感谢你与我共同度过的美好时光，不过我目前不想开始一段恋情。但她一直想把措辞变得再委婉一些，并表达歉意，以便让自己的分手

---

① Netflix，美国流媒体播放平台。

通知无懈可击，不给他留任何空子（比如"没关系，我也不想开始正式的恋情，现在这种随便的关系挺好的"）。于是这条信息越写越长，越来越发不出去。与此同时，他的信息还在不断涌入，每一条都人畜无害，一条比一条真诚恳切。她想象着他躺在没有床架的床垫上，认真地编写每一条短信。她忽然想起，他之前一直跟她说他养的猫如何如何，但是她那天去他家的时候连个猫爪都没看见。她怀疑，养猫这事也许是他精心编造的。

接下来的几天，她发现自己时常心不在焉，似乎在想念什么。她明白，她在想念罗伯特——不是罗伯特本人，而是她想象当中的、那个假期一直在跟她聊天的罗伯特。

嘿，你最近很忙吗？

二人负距离接触的三天之后，罗伯特发来了这样一条信息。她知道，这是发出那条只写了一半的分手通知的绝佳时机。不过她并没有马上提出分手，而是回复说："哈哈对不起，是啊"以及"稍后联系你"。发完她就后悔了：我为什么要这么干？她真的不知道为什么。

"你就跟他说你对他没兴趣！"玛戈的室友塔玛拉看她

躺在床上花了整整一个小时纠结应该对罗伯特说什么，不耐烦地喊道。

"我不能就这么打发掉他吧，我们都上床了。"玛戈说。

"你们上床了？"塔玛拉说，"不会吧，真的？"

"他人还挺好的，算不错吧。"玛戈说，虽然她心里也不确定这话到底几成是真的。突然，塔玛拉深吸一口气，猝不及防地从玛戈手中抢过她的手机，一边挡住她一边在屏幕上飞速打字。塔玛拉把手机扔在床上，玛戈慌忙抓起来，这才看到塔玛拉刚刚发出的信息：你好，我对你不感兴趣，不要再给我发短信了。

"天哪。"玛戈突然觉得有点呼吸困难。

"怎么了？"塔玛拉认真地说，"这有什么大不了的呢？我说的都是实际情况啊。"

但是两人其实都清楚，这下闹大了。惊恐的玛戈感觉自己胃里有一个硬结，一个劲儿地想干呕。她想象罗伯特拿起手机，读完这条短信，默默地转向玻璃窗，然后猛地把窗户砸个粉碎。

"冷静点，我们出去喝点东西。"塔玛拉说。她们来到一家酒吧，要了一大杯酒分着喝。玛戈的手机全程放在她们俩中间的桌面上，尽管她们都竭尽全力想要忘记它的存在,但每当有新信息、手机提示音响起时,她们都会惊叫着抓住彼此的胳膊。

"我做不到,你来读。"玛戈说着,把手机推到塔玛拉面前,"祸是你惹出来的。"不过短信内容平平无奇:好的,玛戈,我很遗憾。希望我没有伤害到你。你是一个好姑娘,跟你在一起我真的非常开心。如果你回心转意的话,请你务必告诉我。

玛戈趴在桌子上,双手撑着头。她感觉仿佛一只水蛭刚刚吸饱了她的血,浑身肥鼓鼓的放开了她,在她皮肤上留下一个脆弱、瘀青的斑痕。但是她为什么会有这样的感觉?或许她亏欠了罗伯特,毕竟他也没有做错什么,只不过就是喜欢她、床技差,可能还撒谎骗她说自己养了猫——当然他的猫也可能在另外一个房间。但是一个月之后,她又在酒吧遇见了他,在她经常去的那个酒吧,附近住的都是穷学生的那个酒吧——他们约会时她提议要去的那个酒吧。当时他孤身一人,坐在角落里的一张桌子前,没看书也没看手机,只是一个人静静地坐在那里,耸着肩、低着头、喝着闷酒。她赶紧拉住了跟她一起去酒吧的朋友,一个叫阿尔伯特的男生。

"天哪,是他。"她轻声说,"我在影院认识的那个人。"

那时阿尔伯特已经听说过这个故事的一个版本,虽然是添油加醋的版本——实际上,几乎她所有的朋友都知道这件事了。阿尔伯特迈步向前,把她挡在身后,护着她来到朋友们所在的桌子边。当玛戈宣称罗伯特也在酒吧里,所有人都惊讶地大叫,然后赶忙把她围在当中,像特勤护卫总统那样簇拥着她离开了酒吧。这确实有点小题大做,让玛戈怀疑自己是不是做得过头了,但同时她也真切地感到恶心和害怕。当晚,玛戈在塔玛拉的陪伴下蜷缩在床上,手机屏幕的光像篝火一样照亮了她们的脸。一条条信息接连发来,玛戈一条接一条地读着。

玛戈你好,我今天晚上在酒吧看见你了。我知道你跟我说过不要再给你发短信了,但我只是想对你说,你今天真的非常美。希望你一切都好!

我知道我不应该这么说,但是我真的非常想你。

嗨,或许我没有资格问你,但我只是想请你告诉我,我究竟做错了什么。

*做错了什么。

我感觉我们真的很契合,你是不是也有这种感觉?还是……?也许我年纪比你大太多了,也许你另有心上人。

今天晚上跟你在一起那个小伙子是你男朋友吗?

???

或者他只是你的炮友?抱歉。

上次我问你是不是处女时你笑了,是因为你已经跟很多人上过床了吗?

那个男的现在正在干你吗?

是不是到底是不是说话啊你个贱货。

好人

到了三十五岁，唯一能让泰德在性交全程保持坚挺的方法，就是想象他的生殖器是一把尖刀，而与他交欢的女人正在用这把刀不停地刺向自己。

他并不是那种心理变态的连环杀手。无论是在幻想还是现实中，鲜血都无法激发他的冲动。想象的关键在于，女方的"自戕"行为纯属自发。她痴迷于他的阴茎，无论多么痛苦都要把它插进自己的体内。女性是主动的一方，他只是躺在那儿，看她上下耸动，根据她的呻吟和面部表情想象她此刻正在经历怎样一番快感与痛苦交织的煎熬。

他也明白这种幻想并非什么光彩的事。是的，他想象的这个场景表面上是你情我愿的男欢女爱，但改变不了暴力的事实。更让人担忧的是，随着恋情逐渐冷淡，泰德对这种幻想的依赖越来越强。二十几岁的时候，分手是很简单的事情。每段关系都长不过数月，当他向女方坦承自己不过是玩玩而已的时候，对方也对他的说法没有丝毫怀疑。或者说，她们是相信他的，这份坦白直率让她们无法恶语相向。但三十岁之后,这个策略就失效了。经常是前脚他刚和女方互道珍重,后脚女方就发来信息说想他,说不明白他们之间究竟出了什么问题,说要跟他谈谈。

这次也是一样。十一月的一天晚上,他三十六岁生日前两周,泰德与痛哭不止的安吉拉相对而坐。安吉拉是一名地产经纪人,衣着光鲜亮丽,戴着闪闪发光的水晶耳坠,一头一看就知道价格不菲的高光染发。跟所有他过去几年中交往过的女人一样,安吉拉各方面的客观条件都远胜于他。她身高比他高两英寸,有房,会做美味的蛤酱宽面,还会用精油给他做背部按摩——她坚称按摩可以改变他的人生,事实也的确如此。他两个月前就和她分手了,但她持续不断地短信和电话轰炸,他为了图个清净,只得同意出来面谈。

起初,安吉拉开心地聊着自己的假期计划、职场逸事还有她和"姑娘们"的冒险,那种摆明是想让他后悔的强颜欢笑,搞得泰德都有点不好意思了。接着,当谈话进入第二十分钟的时候,她突然泪如雨下。

"我不明白。"她哭着说。

接下来就是一番不可救药的诡异对话。她坚称他还爱着她,只是一时糊涂,他则尽量克制地反复解释事实并非如此。她泪眼婆娑地罗列着他仍然爱她的证据：比如他会把早餐送到她的床边，比如他曾对她说"我觉得你会喜欢我姐姐的"，比如他会温柔地照料她生病的小狗"棉花糖"。问题是，他虽然从一开始就告诉安吉拉自己并非在寻求一段认真的关系，却又口是心非地给了她无限温存。毫无疑问，他本来应该让她自己去拿那该死的早餐，他应该讲清楚永远不会带她去见姐姐，而在棉花糖生病呕吐的时候，他本来应该对它一脸嫌弃、连打带骂，这样无论是安吉拉还是棉花糖都不会对他抱有任何幻想。

"对不起。"他一遍又一遍地道歉。他心里清楚，道歉没有任何用处。除非他承认自己心里确实还爱着她，否则一定会招致安吉拉的愤怒。她会骂他自恋，骂他是情感发育障碍、长不大的孩子。她会说"你真的让我很受伤"，还有"其实，我为你感到可惜"。她会直言不讳地宣称："我本来已经爱上你了。"而他只能满面羞惭地坐在那里，承受着她的诅咒，尽管安吉拉显然并不爱他——她确实认为他就是一个情感发育障碍又长不大的孩子，而且根本也没有那么喜欢他。不过，他并没有理直气壮的感觉，毕竟他之所以能料到后面要发生的事情，是因为这并非他第一次进行类似的谈话。这甚至不是第三次，第五次，或者第十次。

安吉拉继续抽泣，完美地展现了"可怜"的含义——红肿的双眼、抽噎的气息、花掉的妆容。泰德看着她，突然意识到自己再也不能这样下去了。他再也说不出一句"对不起"，再也无法继续这种自我贬低的仪式。他要跟她摊牌了。

趁着安吉拉停下歇口气的工夫，泰德开口了："这根本不是我的错，你自己心里清楚。"

空气在一瞬间凝固了。"你说什么？"安吉拉说。

"我一直跟你讲得很清楚。"泰德说，"没有过任何隐瞒。我一开始就说了我希望从这段关系中得到什么。你本应相信我的，但你没有，你觉得你比我更了解我自己的感受。我说我希望我们之间的关系可以轻松随意，你先口是心非地说你也是这样想的，然后就开始竭尽全力把我们的关系推向另一个方向。你期待的恋爱关系，我并不想要，而当你发现没办法把我们的关系变成认真的恋爱关系时，你感觉我伤害了你。我能理解你的感受。但是让你受伤的并不是我。你这是自作自受，跟我没关系。我只不过——只不过是你伤害自己的工具！"

安吉拉好像被人当胸打了一拳，轻轻地咳了一声。"去你的吧，泰德。"她说。她挪开座椅，仿佛要冲出餐厅，谁知她顺手抄起一杯冰水,径直朝他扔了过来——不单是杯里的水,而是连带杯子一起扔了过来。那只水杯(严格地讲,是一只大号玻璃杯)击中了泰德的额头,碎片落在了腿上。

泰德低头看了看那只破碎的大号玻璃杯。这样的局面或许是意料之中的。谁让他惹上了这样的女人呢?毕竟有这么多女人曾在他面前失声痛哭,无论她们的控诉多么夸大其词,总还是有一些道理的。他伸手摸了摸自己的额头,发现手指变成了红色。他流血了。好极了。另外,他的裤裆里感觉非常非常凉。冰水浸透了他的内裤,他感觉自己的老二比头更疼。或许法律应该像规定麦当劳咖啡的温度上限一样,给餐厅冰水的温度规定一个下限。或许他的老二会冻伤、萎缩甚至脱落,到那时他的前女友们肯定要给安吉拉开个庆功会,纪念这位英勇无畏的女英雄终结了泰德对纽约单身女性的邪恶统治。

哇哦,他的出血量比预计得要多。额头上滴下的鲜血已经把裆部染红。有一群人在他身边手忙脚乱,但他们的声音似乎经过了特殊处理,根本听不清他们说了什么。可能是"你活该"之类的吧。他想起安吉拉朝他扔水杯之前他说的最后一句话——我只不过是你伤害自己的工具——

他不知道这是否与他的奇怪性幻想有关。他只知道自己正在流血、冻得要死，可能还有点脑震荡，根本无力思考别的事情。

他并非一直是这样的。

小时候，泰德一直很文静，就是女老师都觉得"可爱"的那种男孩。他确实可爱，至少在女人眼中是的。童年以及少年时期，泰德先后迷上好几个年龄比他大的女孩子：有他的表姐，有照看他的保姆，还有他大姐的闺蜜，总之都是根本不可能开花结果的单恋。女方简单的关注便能激起泰德的情愫。可能是一句轻描淡写的褒奖，可能是听了他讲的笑话报以发自内心的笑容，也可能只是记住了他的名字——这种感情并不夹带哪怕一丝侵略性。恰恰相反：事后想来，那时的情感相当纯洁，完全没有任何性的意味。比如，在他经常做的一个关于表姐的梦里，他设想自己是她的丈夫，在厨房里忙活着准备早餐。他穿着围裙，一边哼着歌，一边榨橙汁、搅面糊、炒鸡蛋，再往白色的小花瓶里放一枝雏菊。他端着餐盘上楼走进卧室，坐在床边，他的表姐仍盖着手工缝制的被子酣睡。"起床啦！"他说。

表姐缓缓地睁开眼睛,睡眼惺忪地冲他笑了笑。她坐起身来,身上的被子滑了下来,露出了赤裸的乳房。

然后梦境到此结束。但他总是反复回顾这个梦,非常用心(摊煎饼的时候要不要撒一些巧克力碎?被子应该是什么颜色?餐盘应该放在哪儿才能保证不会滑到床下?),以至于舅舅一家的房子时至今日都笼罩着一层触手可及的性感的光环,尽管他的表姐早已出柜并搬到了荷兰,二人已经很多年没有见过面了。

小泰德从不指望他的单恋能有任何结果。他可能有各种各样的缺点,但他并不是个白痴。他唯一的愿望就是希望人们能容忍、甚至理解他的爱慕之情。他渴望怀着虔诚的心境守护这一段段纯洁的情感,像蜜蜂掠过花朵那样偶尔重温旧梦。

但是在外人眼里,泰德一旦选定了新的暗恋对象,便立即开始如影随形地缠着她,面带憨笑地盯着她,时常"不小心"摸到她的头发、她的手。久而久之,女方无一例外地都会躲闪、逃避——由于某种莫名的原因,泰德的爱意总会激起她们发自内心的、强烈的反感。

其实泰德的暗恋对象们对他并不坏。毕竟能引起他爱慕的都是些温良贤淑、待人和善的姑娘。相反,可能是意识到自己平素小小的关注给了泰德不请自来的机会,这些女孩儿明白了泰德的心意之后便开始避开他。她们执行着所有女生处理此类紧急情况的惯例,拒绝和他眼神交流,除非必要否则避免和他讲话,同处一室时尽量远离。她们用冷冰冰的礼貌将自己包裹起来,等着他自己退却。

那种感觉真的很煎熬。几十年过去了,泰德回想起当年的懵懂春情仍然羞愧得想死。因为最糟糕的是,即便他喜欢的女孩儿已经肉眼可见地感到不自在,他还是急迫地想陪在她们身边,哄她们开心。他在这种两难的境地中痛苦挣扎,试图通过残忍的自我惩罚控制自己(比如,赤身裸体地站在镜子前,逼自己看着自己皮包骨的双腿、凹陷的胸脯:她讨厌你,泰德,面对现实吧,所有女孩子都讨厌你,你这么丑、这么恶心、这么平庸),然后便彻底失控,凌晨三点在痛哭中醒来,在网站搜索栏里输入"哪个州的法律允许表兄弟姐妹结婚"。抑制不住的希望此起彼伏,仿佛一场永远没有终局的打地鼠。

高中开学前的暑假,刚在一位夏令营女辅导员那里受辱的泰德独自外出,一边散步,一边思考着自己的未来。已知:他又矮又丑,头发油腻,女生们都不喜欢他。已知:对于任何女生来说,光是知道像泰德这样恶心的家伙喜欢自己，就足以让她们退避三舍了。结论：如果他不想将自己的一生奉献给让身边的女性痛苦不堪的"伟大事业"，就必须想办法把他的爱慕之情隐藏起来。

他也正是这么做的。

高中一年级，泰德创造了一个全新的人格：一个无欲无求、人畜无害、开朗幽默的无性恋。这个泰德简直就是一个顶着十四岁皮囊的六十岁喜剧演员——令人捧腹、善于自嘲又神经质，仿佛永远不可能有性生活。同学逼问他喜欢谁的时候，泰德就会说他喜欢拉拉队长辛西娅·克拉祖斯基——这跟声称自己爱上了上帝没有任何区别。

如此一来，做好了伪装的泰德终于可以自由地与他真正喜欢的女生交朋友，全心全意地对她们好而不流露出自己的真实欲求。实际上，他确实也没有什么别的欲求。他不相信爱情，觉得爱情只会给他带来痛苦。还是跟女生做朋友要简单、幸福得多：陪她们聊天，听她们讲自己的事情，开车带她们兜风，讲笑话逗她们开心。回家后，他才会在不造成任何实际伤害的幻想中释放自己的欲望。

到了高中三年级，泰德全部的热情都聚焦在了一个人身上：安娜·特拉维斯，她不仅能够忍受他，更将他视为朋友。这就是泰德新人格的神奇之处：只要他小心地将自己的真实感受隐藏起来，女孩子们——至少是某些女孩子——还是非常喜欢他的。

虽然安娜的人缘比泰德要好得多，但在恋爱上，她却和泰德一样不可救药。九年级时，她跟足球队的马科约会了三周，马科从新生队调到二线队之后就把她甩了，此后安娜便一蹶不振。时隔多年，安娜还是逢人便说起马科。由于其他人听安娜聊马科已经听到想吐（也可能是被安娜偏执狂一般的眼神吓到了），泰德就成了安娜唯一的倾诉对象。

很显然，泰德并不想花上几个小时帮安娜分析马科某一次在学校走廊里见到她时捶了一下她的肩膀并跟她说"想你了，姑娘"到底是什么意思。但另一方面，这样的谈话又让泰德欲罢不能。因为告诉安娜"马科竟然跟你分手，他简直蠢透了"，告诉她"马科这周新交的女朋友给你提鞋都不配"，是在不吓走安娜的前提下最接近表白的表达。另外，安娜对马科求而不得的样子为泰德幻想中疯狂迷恋自己的安娜提供了蓝本。

泰德幻想中的场景大概是这样的：

深夜，他的手机突然响了。是安娜打来的。

"安娜,"泰德说,"发生什么事了?你还好吗?"

"我在外面,"她说,"你能下来接我吗?"

泰德穿上浴袍,打开门。安娜站在他家门廊下,她看上去糟糕极了:头发蓬乱,衣衫不整。"怎么了,安娜?"泰德说。

安娜扑到泰德怀里,开始抽泣起来。他伸出双臂环住她,轻轻拍着她的后背,感受着她微微颤抖的胸脯贴住自己。"好了,安娜。"他说,"不管发生了什么,都会好起来的,我保证。哦,哦,好了好了。"

"不!"她叫道,"你根本不懂。我——"说到这里她突然把嘴唇递过来,要吻泰德。她温暖的双唇刚刚蹭到他的嘴唇,他便撤了回来。她的表情震惊而又伤心。"求求你,"她说,"求求你,就让我……"他直挺挺地站在那里,任她把舌头伸进他的嘴里,并在片刻的踌躇之后也开始温柔地亲吻她,但最终再一次挣脱开来。

"对不起,安娜。"他说,"这是怎么回事?我一直把你当朋友。"

她说:"我知道——我也尝试过和你保持朋友关系。但我再也忍不住了。我爱的人一直是你,一直都是。我知道你对我可能没有这样的感觉。我知道你喜欢辛西娅。但我只是……你能不能给我一次机会。求求你。求求你。"

说完她便又冲上来开始亲吻他，推着他往卧室的方向走。他试图阻止她，告诉她"我不想以这种方式破坏我们的友谊"，但她异常坚持，一边不停地哀求他，一边解开他的裤子，压到他身上，抓住他的手放在自己的胸口。不一会儿，二人便赤裸相见，安娜以一种半是崇拜、半是紧张的眼神望着他说："你在想什么？告诉我。"他叹了一口气说："没想什么。"然后便凝视远方，若有所思。她说："你在想辛西娅，对不对？"他矢口否认，但他们俩都心知肚明。安娜说："我向你保证，泰德，只要你给我一次机会，我一定会让你忘了辛西娅。"说完便把头埋进了泰德的腿间。

泰德时常在想，安娜对自己的感情是否真的可能超过普通友谊。傻子都看得出来，她对他的感情比不上他对她的爱，她也不可能会因求爱不成而夜袭他，不过……也许呢？她有时会紧挨着他跟他坐在一起，并且经常劝他约其他女孩子出去——这看上去似乎不是什么积极的信号，但她每次劝他的时候都会说一些类似"你非常可爱，泰德，不要妄自菲薄"或者"女孩子能跟你这样的男生在一起简直是福气"的话。所以尽管她对他并没有那方面的意思，但如果他主动向她袒露心声,或许可以激发她内心深处对他隐藏的爱?但这种事情类似海森堡不确定性原理,任何认真试图确定双方关系的尝试都无法避免地会改变双方的关系。而改变令人畏惧,更何况有百分之九十九的概率安娜并没有那么喜欢他,而且永远不会喜欢他,所以泰德选择小心翼翼地维持现状。他还是那个憨厚友好、口是心非的泰德。

安娜比泰德高一年级,高中毕业后要去杜兰大学读本科。应她的要求,她的父母在她出发去新奥尔良前一周为她举办了一场盛大的送别会。实际上,这场送别会的目标观众只有马科一人,而安娜无疑就是那隆重推出的主角。晚会上的安娜也确实光彩夺目:她穿着深V蕾丝短裙和高跟鞋,涂着浓重的眼影,褐色的头发高高盘起。她身边美女环绕,她们尽情哭着、笑着、叫着,不停变换各种姿势拍照。这道亮丽的风景线无比炫目,与之相比,整个世界都显得黯淡无光。

泰德在远离安娜的地方独自徘徊,生着闷气。当安娜为不能得到马科而难过不已、茶饭不思的时候,只有他一个人陪在她身边。他们坐在沙发上,一边吃着比萨,一边聊天,安娜还总是穿着运动裤。泰德几乎从未见过这样的安娜,这样火力全开、魅力四射的安娜。他痛苦地意识到自己在这样的场合里注定是一个摇尾乞怜的备胎,他不愿意扮演这样的角色。或许他从未真的像他以为的那样成功地掩盖自己的感情,或许他的老二一直都在裤裆外面甩着,只不过他自己没有发觉。此时此刻,房间里的所有人可能都在想:哎呦,那不是泰德吗,他喜欢安娜,太尴尬了,不过还蛮可爱的,啧啧。或许安娜也知道。

当然,安娜肯定知道。

泰德的自尊在体内膨胀开来,深深地扎进他心里最柔软的部分。他第一次对安娜感到愤怒,他生气她竟然任由身高、长相、踢球好坏这种随机分配的身体天赋决定彼此的人生轨迹。他比马科更聪明、更善良,与安娜有更多共同点,更会逗安娜开怀大笑——但这些都不重要,因为他的真心如何无关紧要,无论对安娜还是其他人来说都是如此。

泰德忍受着时间的煎熬。聚会终于行至尾声,还未离开的客人决定到海滩透透气。本可解脱的泰德没有回家,而是选择留下来继续生闷气。有人点燃了一堆篝火,泰德坐在阴影里,远远地看着火光照亮安娜的面庞。他感到自己内心有什么东西摔得稀碎。他对安娜从未有过任何企图，他一直努力让自己知足。但即便如此，现实还是羞辱了他，让他再一次深深感受到自己的渺小。

安娜正在烤棉花糖，拿着竹签若有所思地转动着。她此时套着一件男式运动衫，光滑的腿上沾满了沙粒。风向突变，一股煤烟迎面扑来。她咳嗽了几声，站起身，然后绕过篝火，一屁股坐在泰德身边。

"那边太闹了。"她说。

"你今天玩儿得开心吗？"泰德问道。

"还行吧。"安娜说。她叹了口气，可能是为了早已离开的马科。他只待了一个小时。泰德看着安娜，她满脸的孤寂凄苦，和他一样。他为自己几分钟前还在生她的气感到后悔和羞耻。他单恋着安娜，安娜单恋着马科，马科可能也在单恋着他们不认识的某个路人。这个世界毫无怜悯之心。任何人都完全无力掌控他人的选择。

他说："你这么美。马科真是个大傻逼。"

"谢谢你。"安娜说。她似乎还想说些什么，却只是把头靠在他的肩膀上，而他也顺势用手揽住了她。她靠在他身上，闭上了眼睛。他确定她已经睡着了，亲了亲她的额头。她的皮肤尝起来有一点盐的咸味，又有一点烟味。可能我错了,泰德心想。也许这对我来说就足够了。

只是很遗憾,这对他来说还不够。

泰德本指望等安娜上大学之后,他的单相思之苦便可以减轻,但是并没有。安娜的离去让泰德看清了她在他的脑海里占据了多么大的空间。每天早上闹钟响起之前,他都会在迷迷蒙蒙的睡梦中想象安娜躺在自己怀里,想象自己轻吻着她的脖子。他起床后第一件事便是打开电子邮箱,看看自己是不是错过了她昨天夜里发来的邮件。白天,他随时过滤着自己的所见所闻,思考着哪些有趣的内容可以写出来逗她开心。他只要感到无聊或紧张,大脑立即便会开始担心自己究竟能不能让安娜喜欢上他,就像小狗死盯着骨头里的最后一点骨髓不放。

到了夜晚,泰德的卧室便化身想象中的色情片场,主演是他和安娜,知名影星或者其他同学偶尔客串。如今的泰德与安娜几乎没有当面的互动,二人之间的关系更像是一段幻想的友谊。泰德并不喜欢这样的生活,但也不知道该怎么办。思来想去,他觉得要摆脱这种局面只能开始一段新的情愫,而且最好对方也能对他的爱有所回应。实践证明，时隔一年，女生的芳心已经不像当初那样看起来遥不可及——尽管泰德还是那个身材矮小的书呆子，但他已经摘掉了整形牙套，还换了一个好看的发型。终于，一个名叫瑞秋的二年级女生走进了他的视野：他帮她补习生物，而她对他的爱简直扑面而来，连他这么钝感的人都很难熟视无睹。

瑞秋满头卷发，有点粗鲁，泰德心里对她毫无兴趣。但已经十七岁的泰德还从未牵过女孩子的手，所以他真的不应该要求太高。或许他和瑞秋恋爱之后，就会逐渐喜欢上她呢？毕竟世界之大，无奇不有。再说，跟瑞秋约会并不会损害他未来追求安娜的成功率——谁没听过几个"你离开后，我才发现真爱是你"的故事呢？

于是，某天下午补习结束后，泰德含含糊糊地问瑞秋周末有什么计划，想不想出来一起玩。虽然此话一出口他便后悔了，但是覆水难收。瑞秋当即接过了话题，主动跟泰德交换了电话号码。她清楚地告诉泰德她希望他几点打电话给她，等他按照吩咐准时拨通了电话，她进一步说明了自己周末想看哪一部电影、电影具体的放映时间以及看电影前晚餐想吃什么，并提供了到她家的导航路线，让他准时来接她。

电影散场二人走出影院,她已经开始为将来的约会安排做计划。她说她想尝尝第七大道上那家新开的泰国菜,另外前几天他们一起看过预告片的那部爱情喜剧片要上映了,一定记得要去看。她问泰德万圣节有什么安排,因为她和朋友已经准备好了万圣节的团服,欢迎他来一起玩。

泰德心里很不好受。他不确定瑞秋在跟谁约会,反正不是跟他。他除了听指挥之外全程毫无贡献。他觉得她即便带着一个充气娃娃去电影院也能玩儿得一样开心。送她回家的路上,他下定决心要礼貌地告诉瑞秋他们不会有下一次约会了。瑞秋必定对他恨之入骨,他也不得不退出补习项目,但他觉得如果能避免今后的各种尴尬,这点代价还是值得的。除了补习之外他们二人毫无交集,所以只要他处理得当,他们完全可以老死不相往来。

终于到了瑞秋家。他把车停下,却没有熄火。

瑞秋解开了安全带。"晚安。"她对他说,却没有动作。

"晚安。"他边说边探身拥抱瑞秋。说到底,他需要负起责任吗?这只是他们第一次约会,他真的有必要明确提出分手吗?他能不能直接退出补习项目,并期待她能明白自己的暗示?他轻轻拍着瑞秋的后背,似乎在说:对于接下来要对你做的事情,我感到十分抱歉,希望你不要记恨我……突然瑞秋伸出双手捧住了他的脸，然后吻了他。

这是他的初吻！震惊的泰德大脑一片空白。他呆住了，大张着嘴，而瑞秋则大方地把舌头探进他的嘴里，不停地四处搅动。等到他的大脑终于恢复运转，他想起自己应该对瑞秋的吻有所回应，她已经抽回舌头，开始轻吻泰德的嘴唇。"就像这样。"她喘着粗气说道。他这才意识到瑞秋是在教他如何接吻，因为很显然他对此一无所知。羞耻的大锤从天而降，把泰德击倒在地。那个书呆子瑞秋，竟然在居高临下地教他怎么接吻！

唉，既然已经无力翻盘，不如虚心求教。几分钟之后，泰德得出结论，虽然瑞秋教给他的分解动作肯定不是百分百准确，但接吻绝对不是什么难事。总体来说，泰德没有什么不舒服的感受，但也没有任何欲火难耐的感觉。瑞秋的眼镜时不时地撞到他的鼻梁，而更奇怪的是，如此近距离观察下，瑞秋好像变成了另外一个人：更白皙，更……模糊，有点像油画上的人。他尝试着闭上眼睛，但总感觉有人要偷偷摸上来从背后捅他一刀似的，反而更不舒服。

所以接吻就是这种感觉。他觉得瑞秋似乎乐在其中。她不停地扭着身子，嘴里发出轻轻的叹息。如果他亲的是安娜，他会不会更加享受这个过程？老实讲，泰德觉得单纯的接吻很难激起自己的欲望。两片无骨的肉片,在你的口腔里像两只正在交配的鼻涕虫一样不停翻转搅动。有点恶心。他是不是不太对劲?瑞秋嘴里的味道像是爆米花用的黄油:有一丝金属的气味,让人容易想起粘在爆米花机底部烧焦的油脂。或者那是他嘴里的味道?他分不出来。

瑞秋压在他身上,一只手到处摸索,仿佛想确定他是不是已经硬了。无须赘言,他根本没硬;不但没硬,他感觉自己的小弟弟似乎想缩进身体里躲起来。瑞秋发现的时候会不会感觉受到了伤害?他是不是应该想象此时压在自己身上的是安娜,好让自己硬起来,避免让瑞秋伤心?不行,那样肯定是不对的。但问题是,瑞秋到底想要什么?瑞秋此时已经完全骑在他的身上,一边用屁股摩擦着他的膝盖,一边发出一声声低吟。她是想跟他做爱吗?当然不是。车就停在她父母家门口,而且她只是个高中二年级学生,何况对方还是泰德。说瑞秋在生物课补习过程中对泰德日久生情完全可以接受,但要说泰德把瑞秋迷得欲火难耐,恨不得在汽车前座上擦枪走火,也未免太过匪夷所思。

但她看起来十分投入,虽然这的确非常荒唐。两个正在零距离接触的人对此时此刻的体验却完全不同,这让泰德感到荒谬不已。

除非……她的兴奋是装出来的？或者说，即便不完全是装出来的，她的表现也有很大夸张的成分。但是她为什么要这么做呢？为什么明知他的吻技笨拙无比，还要假装被他撩拨得兴奋不已呢？

原来如此。

想到这里，答案已经不言自明。她知道他十分紧张，试图通过这种方式缓解他的精神状态。他笨拙的技巧和内心的不安连太空里的宇航员都能看到。她假装自己十分享受，是为了让他放松下来，改善自己的吻技。她伪装性兴奋是出于对他的怜悯。

如果说此前他只是兴趣缺缺，此刻他的感觉就像是一块两吨重的铅板从天而降直接砸在他的裆部，把他砸成终身瘫痪。

自行了断吧，泰德。他脑海中一个声音说道。语气十分严肃。

他是认真的。他甚至想下车，冲向最近一辆飞驰而过的车。但就在这时，瑞秋抓起他的手压在了她的乳房上。他的大脑再次一片空白。瑞秋的乳房小小的，但她今天穿了一件低胸的上衣，让他触到了大片柔软的肌肤。他试探性地抓了一把，然后对准他认为是乳头的位置摩挲了起来。

结果还真的在那儿。

天哪。

泰德仿佛要从跳板上跳下一样闭上了双眼，同时把手直接伸进了瑞秋的内衣里。他现在不用担心自己没硬的问题了，因为捏在他食指与拇指之间裸露的乳头是世界上最色情、最性感的东西；而它之所以如此色情、如此性感，正是因为它属于一个他不太了解、拥有爆米花味道的口气的女人，而这个女人刚刚用她拙劣的表演同时侮辱了泰德和她自己。

他又捏了一下，这次力道比之前更重一些。她尖叫了一声，但很快便平静下来。"天啊，泰德。"她做作地低吟着。

那晚之后，他们交往了四个月。

回想起来，瑞秋是泰德第一个真正辜负的女人。没错，他之前确实让一些暗恋对象抓狂，但他那时候毕竟还是个孩子，而且他内心经历了无比痛苦的挣扎才控制住自己的感情。在校期间他对待安娜的方式确实有待商榷——他本应该勇敢地对她坦露心迹，而不是对安娜只把自己当朋友感到闷闷不乐——不过,即便他在安娜面前表现得怯懦没用,但他已经尽了自己最大的努力。可是对于瑞秋……如果这世界上真的有地狱,并且他最终下了地狱,恶魔一定会举着一张瑞秋的相片,一边在他眼前晃来晃去一边说:"嗨,伙计,这姑娘招你惹你了?"

但是他不知道!他真的、真的完全没有想到。

在他们相处的四个月里,他对她的喜欢程度从未超过第一次约会的那天。关于她的一切都让他恼火不已:她的发型、重重的鼻音、颐指气使的态度。一想到别人说"那不是泰德的女朋友瑞秋吗",他心里就不是滋味。在泰德看来,瑞秋简直就是他自己黑暗面的化身:在轻视自己的人面前曲意逢迎,在不如自己的人面前高高在上,对于跟自己同一层次的人则极尽刻薄挖苦之能事,仿佛高人一等。跟泰德一样,瑞秋身上也时常发生各种糗事——比如经血弄脏衣服、口气重、坐姿不佳,露出底裤等——但跟泰德不一样的是,瑞秋似乎不会因这些插曲而陷入羞愧中不能自拔。反而是泰德为瑞秋的糗事而感到羞耻:当他在学校走廊里看到她不顾牛仔裙上的血迹悠闲漫步的背影之时,抑或是看到瑞秋刚一转身,刚才还在跟她近距离聊天的詹尼弗·罗伯茨就恶心地扇鼻子之时。这时的泰德不仅仅是讨厌瑞秋,而是痛恨她,他恨她的程度超过他恨生活中的其他任何人。

所以他为什么不跟她分手呢?

在家独处时,泰德清楚地知道自己并不喜欢瑞秋,也不想再跟她约会,所以分手是最直接、最正确的决定。但一见面,只要他表现出犹豫、退缩或者丝毫的不对劲,她的脸就会立即沉下来。而一旦瑞秋流露出愤怒的迹象,泰德的心就会立即被一阵罪恶感占据,让他后背发凉、无比恐惧。他会为自己的恶劣行径陷入深深的自责。追根溯源,他当初就不该答应跟瑞秋见第一面,毕竟他一直爱的是安娜啊。受到良心谴责的泰德最终认定,执迷不悟只会增加自己本已罄竹难书的罪行,他应该避免与瑞秋直接冲突,等待更好的时机——没准儿哪天她自己就提出分手了呢?毕竟他也不是什么抢手货,只要他忍过这一时,她迟早会看清他的真面目,主动选择抛弃他。抱着这种想法,他总是会带着一种自豪的宽慰毫不犹豫地答应她的任何提议——然后过了十分钟、十五分钟或者一个小时又突然想起:等等,我是要跟她分手的,那我为什么会坐在橄榄花园餐厅陪她吃午餐呢?

瑞秋东拉西扯地聊着,原本盘旋在她头上的愤怒的乌云已然无处可寻。泰德想起自己几秒钟之前还觉得无法终结这段关系，真是荒唐——但同样荒唐的是，他一直若无其事地坐在她对面，随口说着"没问题，我周日陪你去你表妹家"，根本没办法平白无故地提出分手。因为如果他现在跟瑞秋提出分手，尽管她嘴里还嚼着没咽下去的面包棒，也肯定会问："如果你真的要跟我分手，为什么刚才又同意周日陪我去我表妹家呢？"他一定答不上来。

万一她真的那样问，你该怎么回复呢，泰德？万一她真的那样问了……他可不可以耸耸肩膀说：呵呵，那对不住你表妹了，我改主意了。不行。不能那么做，他不是一个混蛋。他……是个好人。

好吧，虽然大家都说"好人"才是最糟糕的，但这不一样。他不忍心在瑞秋进餐中间打断她，毫无预告地将她抛弃——这不是什么"好人综合征"，泰德只是于心不忍。此时此刻，他对瑞秋感到了前所未有的同情。他试图换位思考，想象着如果是自己本来安安静静地吃着饭，一直满脸"我喜欢你"的同伴并没有流露出任何困扰的神情，然后突然间——五雷轰顶，原来你看错他了，他一直在对你说谎，你又是什么心情？

泰德一直坚信这个世界并不理解他——那些拒绝他的

女孩不应该把他当成一个天生的变态。他可能不是什么令人怦然心动的帅哥，但他也不是什么坏人。不过即便如此，有时他还是会在辗转反侧、难以入眠的夜里，想象着瑞秋面对法庭，对着那些曾经拒绝过泰德的女生痛斥他的虚伪行径，控诉他如何假装喜欢她，揭穿他"温柔善良"的面具下自私的面孔。而法庭上的那些女孩们（安娜坐在正中间）则是一副"意料之外，情理之中"的表情，频频点头对瑞秋的叙述表示认同——当然，她们早就知道他有问题。

于是在他的脑海中，安娜有了一个新的角色：她是道德陪审团的团长，随时准备起身宣布泰德有罪。他和瑞秋交往时间越长，就越感到自己需要瑞秋带着一个全新的故事回到他幻想中的法庭，为他洗刷冤屈。他的初恋女友不但要为他说好话，更要发自内心地相信，虽然他们二人最终无法成为眷属，但他不是怪胎，不吓人，也不坏，本质上是一个好人。

为了讨好想象中的安娜，他留在了瑞秋身边，继续编造谎言。他乖乖地陪她吃完橄榄花园的午餐，陪她去看她表妹，并试图为最终的逃离奠定基础。他努力跟瑞秋保持合适的距离，既不能远到会引起她的愤怒，又不能近到足以推动二人的关系向更紧密的程度发展。他很少给她打电话,并且总是很忙,但也总会诚恳地道歉。瑞秋让做什么他就照做,不少也不多。他感觉自己像是在装死,身段柔软、能屈能伸,只盼着瑞秋早晚有一天会对他失去兴趣,自己离开。这样一来,道德法庭的陪审团就可以说,好吧,他不是完人,不是圣人,但他也不是操纵女孩子并从中取乐的马科。他已经做得很不错了。应该再给他一次洗心革面的机会。本庭裁决,被告……还行。

等等。就在法槌即将落下之时,一个声音响起。

什么事?

就一件事。我有个问题。

说吧。

性的方面呢?

呃……性的方面怎么了?泰德和瑞秋没有上床啊。他想向法庭说明这一点。泰德并未夺走瑞秋的贞操。(瑞秋也没有夺走泰德的。)

他们亲热过吗?

当然了,他们好歹约会了四个月。

当他们亲热的时候,泰德是否也是"瑞秋让做什么他就照做,不少也不多"?他是不是也在瑞秋面前"装死"?

他是不是也像平常一样，在瑞秋面前礼貌、有节制地保持距离、内向而沉默？

呃……嗯……不是。

那他是什么样的呢？

……

你是什么样的呢，泰德？

我……

什么样……？

我……我有点……

说啊？

……有点坏。

坏？

嗯，坏。

在泰德熟稔床笫之事、准确掌握性癖关键词、在相关网络注册会员之前，他脑海中一直用"坏"这个词来形容他对瑞秋（或许应该说是他"和"瑞秋？）做过的那些事情，形容他内心深处那种躁动不安、难以抗拒的冲动。他早在和瑞秋交往之前就在用这个词了。他小时候便用这个词形容那些包含对女孩子"做坏事"的情节的漫画、动画片、电影、书刊。神奇女侠竟然被绑在铁轨上。他姐姐的南茜·朱尔探案集的漫画封面竟然画着南茜被人堵住了嘴绑在椅子上。

小泰德喜欢那种女孩儿被人使"坏"的故事,但那并不意味着他想对女孩子们做坏事。多数情况下他更愿意作为旁观者看着故事的发展,为数不多的几次他设想自己是故事人物的时候,他也不是那个把女孩子们绑起来的坏人。不,他是营救她们的人。故事里,他解开绑住她的绳子,轻轻搓揉她的手腕帮助她恢复血液循环,温柔地摘掉堵在她嘴里的异物,然后任由刚刚获救的女孩趴在他胸口哭泣,并缓缓地抚摸着她的头发。让泰德做坏人,那个把女孩子五花大绑的人,那个给她们带来痛苦的人?不,不可能,绝对没戏,想都不要想。这种"坏"跟泰德的爱情生活或是性幻想都没有关系。不过,这一切在瑞秋出现之后都改变了。

泰德尽可能地保持着与瑞秋之间的距离。他很少爱抚她,即便是两人接吻时他也紧闭双唇。虽然他意识到这给她带来了困扰,但他感觉自己这样是尽到了一个好人的本分:既然他不喜欢她,就没有权利逼她跟自己亲密接触。毕竟,如果他主动求欢,那么将来他们一分手,她就可以理直气壮地回到道德法庭，指责他将自己当作泄欲的工具。所以按照这个逻辑，他唯一可以为自己开脱的办法，就是让瑞秋催他、唠唠叨叨地要求他、逼迫他跟她独处，让她不厌其烦地问上两遍、三遍、五遍才给予回应，这样一来无论发生什么情况，谁也说不出他的不是。

每次他们回到瑞秋的卧室，刚关上房门，瑞秋就开始以一种越琢磨越让人感到做作的方式亲吻他。那一个接一个的轻吻，一声接一声夸张的呻吟。每每遇到这种情况，泰德都感觉自己努力压抑了一整天的恼火骤然爆发。他心想：瑞秋啊，你怎么这么专横、这么强势，还这么迟钝呢？你为什么要喜欢我？我为什么不能直接告诉你我对你其实没什么感觉呢？但是瑞秋还是会一次次地主动贴上来……泰德终于受不住诱惑，将内心的愤怒转化为身体上的动作：拧她一把，咬她一口，甚至是——到了后来——轻轻地打她一巴掌。

她表示他这样的举动让她十分受用——从她绯红的双颊以及不断扭动的身躯来看，这应该不是在撒谎。但他内心深处仍然感觉她的一举一动都透着虚伪的做作，而她之所以声称十分享受，仍不过是顺情说好话而已。在这种情况下，对瑞秋"做坏事"在一定程度上意味着撕开虚假的伪装，挖掘背后的真实，逼她表现出本能的反应。他想抓住瑞秋的那部分真实，但每一次它都像水里的鳗鱼一样从他的指尖溜走，而这场近在咫尺却遥不可及的追逐让泰德欲火中烧。他一边在心底重复着"我恨你，我恨你"，一边死死地把她瘦弱的手腕按在头顶、咬着她的肩膀、用下体不断冲撞她的大腿，直到射精。

"刚才真是太棒了。"每次她都这样说，边说边紧紧地抱着他。但是他从来不相信——而且根本无法相信——她说的是真心话。

有时他甚至怀疑，瑞秋是不是更喜欢亲热完的时光，因为在这段短暂的时间里，他对她的态度不同于平日。他迫切地需要她来减轻他内心的负罪感，这使他变得脆弱、开放而纯真。他会亲吻她，给她递水，然后躺在她身边，把脸埋在她的头发里。此时的泰德可以正视瑞秋的面庞而不去评价她是丑是美，是好是坏，或者他对她是爱是恨。对他来说，此时的瑞秋只是一个躺在他身边的人，他停止对她品头论足，也不再痴迷于批评她的一举一动。或许他可以喜欢瑞秋？如果喜欢她，那么他即便跟她约会交往，也不用担心会成为坏人。那样一来，他将无罪可赎，二人皆大欢喜，他也能获得解脱。想到这里，他感觉奇迹一般地轻松，仿佛终于拧干了体内一块原本吸满毒药的海绵。

但这种轻松总是稍纵即逝。随着性爱的快乐逐渐消散，安娜便幽灵般地出现在他身边。想想我，想想我，她在他耳中低语，而他也听话地想起了她。他的大脑再次开始高速旋转，思考着、翻腾着、评判着。他竟然和瑞秋做了那种事，事后还完全没有保护地暴露在瑞秋面前，真是不智之举。事到如今，她一定更加确定他喜欢她；事到如今，他们一旦分手，她一定会更加伤心；事到如今，他要弥补的罪过比原来更多；事到如今，他更加难以脱身。

想到这里，他立即起身，开始穿内裤。

"怎么了？"

"没什么，我得走了。"

"不能再陪我躺会儿吗？"

"我有作业要做。"

"可今天是星期五啊。"

"我之前跟你说过，我作业太多了。"

"你怎么总是这样？"

"我哪样了？"

"就现在这样。怪兮兮的，每次都是。"

"我才没有怪兮兮的。"

"你就是有。怪癖裤子先生①。"

"我马上要考微积分期中考试，历史课有个项目要交作业了我还没开动，我还答应一个朋友要帮她补习SAT考试，入学论文初稿周一也该交给指导老师了。如果我给你心事重重的感觉，那么我很抱歉，但是你这样喋喋不休地烦我、给我起外号真的只能帮倒忙，毕竟我已经在这儿浪费了一个小时了。"

"过来躺一会儿吧，我给你揉揉背。"

"瑞秋，我不需要你给我揉背。我想把手边的工作做完。这就是为什么我一开始就说我们不应该这样。"

"噢，别这么严肃呀。我妈妈还有一个小时才回来呢。来，让我给你——"

"够了！"

"怎么了，我们这样你难道不喜欢吗？你看起来很开心啊。你就是挺喜欢的啊。"

"我说过了，闭嘴！"

"有种你过来打我啊。"

"该死的，瑞秋——"

---

①怪癖裤子先生（Mr. Cranky Pants），卡通形象，口头禅是"别理我"、"别碰我"。

"啊，泰德！"

与此同时，道德法庭的女孩子们一边在半空中俯视着二人，一边继续聊起来：看看那两个衰人，真是丑人多作怪，天哪，他太恶心了，你们看到了吗？他是不是……？我觉得他刚才……没错，他就是，他就是，哦不要让我看到这些啊，我觉得我可能要吐了，呃啊，太恶心了，这是我见过的最恶心的东西了，我说不准他俩谁更恶心，她怎么能……她怎么连这都能忍？要是我，打死我也不可能允许他那样对我……

一方面，泰德幻想着安娜时刻陪伴在他身边，热心地帮他分析恋情的进展和他的心态；而另一方面，身处杜兰大学的安娜对这一切毫不知情。她每隔几周都会收到她的好朋友泰德发来的热情洋溢的邮件，邮件中对瑞秋的存在只字不提。

泰德像对待博物馆展品那样精心地经营着自己在安娜眼中的形象，但他始终不知道究竟应该以怎样的方式告诉她瑞秋的事。难点在于，虽然一个没有面孔、没有名字的"高二女生"可以给安娜树立一个性感的情敌形象，从而提高泰德在她心目中的地位，但瑞秋本人却是个坏事的累赘。泰德担心，如果他无法回避安娜的追问，最终被她发现他的恋爱对象是瑞秋·德文-芬克尔，那么这可能将成为他永远的污点，给他打上难以洗刷的"失败者"标签。

与此同时，瑞秋对安娜的事了如指掌。嗯，是的，瑞秋知道泰德和安娜的事。有时候泰德甚至怀疑瑞秋是个能用超能力干一些没用琐事的穷人版千里眼。哪怕他脸上表现出一丝不舒服，瑞秋都会立即关心地问他："泰德？泰德？怎么了？你在想什么呢？泰德？"由于他脑子里总是充斥着对瑞秋的怒恼，或安娜的美好，他遇到这种情况别无他法，只能撒谎试图蒙混过关。他现在每天对瑞秋说的谎话，比他这辈子对其他所有人加起来还多。但有的时候，瑞秋的拷问足以让他大脑抽筋，无法控制地流露一些内情。

比方说，他有一次——就只有这一次——在瑞秋面前提到安娜，但他当时的举止神态完全是在邀请瑞秋继续追问下去。

"格尔达·赖德娜完全是个被低估的天才。"那天晚上他们在百视达浏览一排摆放着《周六夜现场精选》的货架时，泰德对瑞秋说，"我朋友安娜是她的忠实粉丝。"

"你朋友安娜？"瑞秋问道。

泰德僵住了。"是啊。"他感觉自己正走在冬天的湖面上，而他周围的冰面已经逐渐裂开。不要慌，他告诉自己。局面还是可以挽回的。"我没听你说起过安娜。"瑞秋说。她明显是有意保持若无其事。

"可能吧。"他说，"她去年毕业了。"

"你怎么认识她的？"

"我不记得了。好像有一次跟她一起上过课。"

沉默。两人并肩走着，盯着荧光灯下的电影光盘。瑞秋拿起史蒂夫·马丁主演的《大笨蛋》，看起背面的简介。话题结束了吗？他是不是已经过关了？

"你说的是安娜·张？"瑞秋问道。

泰德脚下的冰面瞬间崩塌，将他沉入湖底。"不是。"

"安娜·霍根？"

"不是。"天哪，泰德的确认识安娜·霍根！他刚才为什么不直接说是安娜·霍根呢？"你真是个蠢蛋，泰德！"他的大脑正在对他咆哮。

"呵呵，那是哪个安娜啊？"

泰德感觉自己的喉头开始发紧。"安娜·特拉维斯。"他强压住内心的紧张。"安娜·特拉维斯！"瑞秋表面上还在看光盘盒，但她的眉毛已经挑得老高，分明就是在质疑泰德怎么可能是安娜·特拉维斯那高大上的朋友圈里的一员。"你还认识安娜·特拉维斯,我都不知道。"

"是啊。"

"嗯。"沉默。

"之前怎么从没听你提起过她呢?"

"我不知道。就是没聊到过。"

泰德此时觉得,如果瑞秋突然失控,让他交代和安娜的关系,那么他将不得不跟瑞秋分手。因为很显然,如果让他在瑞秋和安娜之间选一个的话,他必定会选安娜。何况他跟安娜之间根本没发生过什么,因此肯定是瑞秋无理取闹,这样一来分手也不是他的错。

但瑞秋并没有他想象的那么鲁莽。她把《大笨蛋》放回货架,然后二人一言不发地继续浏览。

"她很漂亮。"过了一分钟,瑞秋突然说。

"谁?"

瑞秋的脸上瞬间浮现出一丝冷笑。"你说是谁?格尔达·赖德娜?当然不是,我说的是安娜·特拉维斯,傻瓜。她可是个美人儿。"

"可能吧。"他说。

"可能?"

"我们只是普通朋友,瑞秋。"泰德强作耐心地说。

"我是说……很显然。"瑞秋说,"她可是安娜·特拉维斯啊。"

瑞秋,泰德心想,你是个贱人,我希望一把大火烧死你。

"她的送别晚会你去了吗?夏天那次?"瑞秋问道。

"去了啊,怎么了?"

"没什么。"瑞秋从货架上又取下一部电影,若有所思地读着光盘盒背后的简介。她眼皮都没抬地说:"我听人说,那次聚会时她在她父母的卧室跟马科·赫尔南德斯做了,当时她妈妈就在楼下准备蛋糕呢。"

当时的场景就好像:泰德被五花大绑地捆在手术床上,瑞秋站在床边,一边摆弄着一组手术刀,一边考虑着应该用哪一把刀刺穿他的软肋。

"太扯了吧。"泰德冷笑了一声,"谁跟你说的?雪莉?"

雪莉是瑞秋的闺蜜,举止轻佻、令人生厌。泰德希望能用雪莉的话题为引子,跟瑞秋吵一架,分散一下她的注意力。或者他可以干脆把旁边的货架撞倒,然后逃之夭夭。

但瑞秋没有上当。"不是雪莉。所有人都知道安娜·特拉维斯迷恋马科。是那种特别特别疯狂的痴迷。"这时,瑞秋第一次抬起头盯着泰德，镜片背后的双眼没有任何表情。"我听说她在大学给马科写了好多信，成天往他宿舍打电话，最后马科实在受不了了，干脆把她的电话号码和电子邮箱地址都拉黑了。"

泰德感觉有点反胃。这条信息她究竟藏了多久，她又是怎么知道应该现在使用的呢？

"天哪，瑞秋。"泰德说，"你这样在背后讲别人的坏话真的太尴尬了。那些学校里受欢迎的人又不是什么明星，不是拿来给你八卦用的。安娜只是个普通人，何况你都不认识她。我觉得你跟雪莉还是不要这样盯着人家的私生活为好。"

"其实，"瑞秋抿起嘴说，"我认识她，所以我才知道这些。"

"你怎么会认识她……"

"我确实认识她。"她说，语气中带着冰冷的胜利者姿态，"我跟她一起上幼儿园，我妈妈和她妈妈是朋友。马科拉黑她电话的事情是她妈妈告诉我妈妈的。她说安娜情绪低落，不得不休学一个学期。可能你的朋友安娜没跟你说起过这些。"

瑞秋一刀扎进了泰德的肚子，泰德感觉自己的胃立即缩紧了。

瑞秋用她冰冷的手拉起了泰德绵软无力的手。"我不想看电影了。"她说,"我爸妈凌晨才会回家,我弟弟在朋友家借宿。我们回去吧。"

几天之后的夜里,泰德坐在电脑前,思考着怎么给安娜写邮件。光是"最近好吗?"这句话,他就反复删来改去想了不下二十种说法,但是折腾了半天屏幕上还是空无一字。尽管他此前发给她的两封邮件都石沉大海,但他知道自己不能着急。问题在于,他并非单纯地想要知道瑞秋的话是真是假;他必须知道——这种迫切的需要让他百爪挠心,六神不宁。

泰德在焦虑中迸发出前所未有的勇气,回过神来时发现自己举起了电话。安娜在学校的电话号码他早已熟记于心,尽管他此前只给她打过一次电话——那天是她的生日,他对着她的语音信箱唱了整首《生日快乐》。那次之后他并没有接到安娜的回电,只是过了好久才收到一封邮件(主题:非常感谢!!)。信末尾的签名写了好多个字母 X 和字母O[①],让泰德回味了很久。

电话刚响了一声,安娜就接通了。

"你好,安娜,我是泰德。"泰德说话的方式就好像电话那头是安娜的语音信箱。

"是泰德啊!"她说,"你还好吗?"

"呃……我刚才想到了你。"他说,"你最近好吗?"

"不错吧。"她说,"怎么这么问?"

因为我女朋友——当然,我没告诉你有这个人——说了一个秘密——这个秘密你也没告诉我——因为她嫉妒我喜欢你——我没跟你说我喜欢你,但是被她看出来了?

"啊,我也不知道为什么。说起来可能有点奇怪,不过我有……一种感觉……感觉有哪里不对。"

对于泰德来说,利用秘密获得的消息装神弄鬼是骗术上的新境界,但他并没有充分认识到自己这番话的力量——直到安娜哭出了声。"我不好。"她说,"一点都不好。"她一边抽泣,一边断断续续地讲了一个不止关于马科的故事:待她如草芥的兄弟会成员、跟继母的恶斗、与室友的持久战——此外,她还顺嘴说出了她挂科太多,明年

[①] 英美文化中,信尾签名里的字母"X"表示亲吻,字母"O"表示拥抱。

要留校察看的事。

"天啊,"泰德惊呆了,"听起来真的很糟糕,你一定很难过吧?"

"真不敢相信你竟然给我打了电话。"安娜说,"家里已经没有人理我了,好像他们都把我忘了一样。以前我一直觉得跟大家都很亲近,但真的遇到事情,没人会记得你。"

"我没有忘记你。"泰德说。

"我知道。"安娜说,"我知道你没有忘记我。你一直默默陪伴着我,一直以来都是这样,但我没有珍惜,把你的关心当作理所当然。从前是我太自私了。我真的痛恨高中时的自己,真希望能有机会重新来过,但——问题是,已经太晚了。我的生活全乱套了,我已经迷失了自我,你明白吗?难道从前的我做出的选择,我就必须要全盘接受?我恨那个以前的自己,我痛恨她对我做的一切,她就是我的报应、我的死敌,但是问题是,那个人就是我。"

听着电话那头安娜的倾诉,泰德的心也像太阳耀斑一样燃烧起来。他唯一所求便是向安娜表明心迹,让她知道她在他眼中是何等闭月羞花、完美无瑕。他要让她知道,他会将关于她的记忆——将她无与伦比的美——珍藏在心里,无论他们之间发生什么、无论她陷入怎样的低谷,他都会一直在她身边：今生今世他将永远爱她，纯洁不渝、始终不移。

一小时之后，安娜吸了吸鼻子。"谢谢你愿意听我说话，泰德。"她说，"这真的对我很重要。"

为了你，我可以献出生命。泰德心想。

"没问题。"他说。

自那以后，泰德和安娜几乎每晚都会打电话。对于泰德来说，与安娜彻夜长谈的那种兴奋简直无与伦比。为此，他专门建立了一套完整的仪式，就像原始部落为了控制火的神力而围着篝火祭祀一样。

泰德之所以要进行这些仪式，原因之一便是为了保证通话的私密性——瑞秋当然是保密对象，但也不能被旁人发现蛛丝马迹。泰德把原本放在电脑旁边的卧房电话挪到床边，又把风扇搬到门口打开，以便增加一层白噪声的掩护。做好准备工作之后，泰德沐浴漱口，钻进被子拨通电话。安娜还没接通电话的时候，他的皮肤就已经开始发热、发烫了。

"嗨。"

"嗨。"

二人的声音都低沉沙哑。泰德觉得，他们互相低语的方式,就仿佛安娜此刻正躺在他身边,跟他说着枕边的悄悄话。他闭上双眼进入了想象。

"今天过得怎么样?"他问道。

"哦,你知道的。"

"说说吧,我想听。"

泰德一边听着安娜讲述这一天发生的事("嗯,所以,我四点就起床了,因为该死的克蕾丝要组织赛艇队训练……"),手一边沿着胸前向肋骨轻抚。他想象着是安娜的手在抚摸他的身体,手指所到之处都起了一层鸡皮疙瘩。

她说话的时候,他大多数时候只是静静地听着,即便开口也多半是认同地说一句"嗯嗯"或者"不是吧"。有一次,电话对面的安娜听起来格外沮丧,他说了一句"我很抱歉。"接着又轻声地接了一句,"……亲爱的。"

与此同时,他的手画着充满欲望的圆圈沿躯干向下,沿着内裤裤腰的位置徘徊了一会儿,接着便钻到内裤松紧带下面。

"说说凯瑟琳吧。"他感觉安娜已经没有话题可讲了,赶紧递上话头。凯瑟琳是安娜的继母。"你感觉你爸爸会帮你还是帮她?"

"天哪,你开什么玩笑?"安娜尖叫起来。

"嘘，嘘，"泰德赶紧让她轻声，"克蕾丝还有四个小时就要训练啦。"

"克蕾丝可以去死了。"安娜轻声嘟囔着。泰德笑了。安娜也笑了。他几乎可以感觉到她呼出的气息吹在他脸上。他在快感的刺激下弓起了身子，但赶紧咬牙控制自己不要叫出来。

"你困了吗？"他最后问。

"困了。"安娜说。

"那一起入睡吧？"

"好啊……但是你明天得起那么早……"

"没事，"他说，"我可以在自习室补觉。"

"你真好，泰德。我喜欢跟你一起入睡。"

"我也喜欢陪你一起入睡。晚安，安娜。"

"晚安，泰德。"

"做个好梦，安娜。"

"你也是，泰德。"

接下来便是一阵沉默。他幻想着安娜厌恶而又着迷地注视着他；他幻想着安娜爱抚他的身体；他幻想着在电话的另一端，在新奥尔良潮湿的夜色里，欲火焚身的安娜一边想着他一边自慰。随着她一呼一吸的节奏，他的手在被单下面规律地上下运动。他当然感到羞耻，但羞耻的温热感最终凝聚在裆部，增强了他的快感。他小心翼翼地控制着自己不要发出任何无法蒙混解释的声音。当他终于完全平静下来，脉搏和呼吸都归于正常，才敢开口轻声地问道："安娜，你睡着了吗？"

他想象着安娜毫无困意地躺在那里，大睁双眼盯着天花板，她的心里满是桃色的悸动。然而，电话另一头鸦雀无声。

"我爱你，安娜。"他喃喃道，说完便挂上了电话。

寒假到了，安娜要回家探亲。泰德要见她吗？当然！他们可是名副其实的密友，每天晚上都要聊天。安娜经常说："你总是在我身边支持我。"他显然是要见她的。唯一的问题是，他要何时见她。以及在哪里见，怎么见。

上高中时，跟安娜定约会需要外科手术一般的周密策划和精细执行，但结果偶尔也像外科手术那样鲜血淋漓、惨不忍睹。如果他直接约她出来玩，她便会面带微笑地回答："好啊！听起来很棒！咱们明天电话联系。"但她嘴角轻微的紧张和沉重的呼气说明她其实并不想出来，只是碍于他的情面勉强答应。但最终的结果无外乎两种：要么安娜在最后时刻以另有安排为由取消约会，要么泰德打电话确定细节的时候怎么也联系不上安娜，每次都是这样，绝无例外。如果他不能假装这场约会根本不曾存在，而是选择当面质问她为什么要放他鸽子，或者事后聊天时无心提到了此前未成行的约会，她都会进一步抽身躲避，让他为自己的行为感到羞耻，怀疑自己是不是逼她太紧。

另一方面，她会愉快地向他讲述与别人的约会安排，让他对她接下来的远足计划，几乎排得满满当当的约会、聚会总是了如指掌。只要他毫无怨言地听她没完没了地讲述要和别人一起参加的各种活动，他就有至少百分之三十的概率等到安娜在最后时刻改变主意，声称自己无法承受社交活动的重担，决定留下来跟他待在一起。每次她一到他家便瘫坐下来，夸张地表达着自己如释重负的欣慰："今天能跟你在一起玩儿，我真是太高兴了，玛利亚家的那个聚会我根本不想去。"仿佛他们两个都是身不由己，对操纵他们之间"友谊"的权力机制茫然无知。

但如今他们之间的关系已经不同以往！她红口白牙地说出"你一直默默陪伴着我，一直以来都是这样，但我没有珍惜，把你的关心当作理所当然"，怎么能还像以前那样对待他？那番话如果不是发自内心的忏悔，又是什么呢？他特别喜欢她那天说第二个"一直"时有些破碎的声线。你一直默默陪伴着我，一直以来都是这样。将来他们结婚时，她可以把这句话加进婚礼誓言里：你一直默默陪伴着我，一直以来都是这样。你一直默默陪伴着我，一直以来都是这样。你一直默默陪伴着我，一直以来都是这样。

这是他有生以来听过的最动人的话语。

在她登机返回新泽西的前夜，泰德试图不露声色地引导安娜说出他想听到的话。

"就要见到你啦，我好兴奋。"他说。

"我也是！必须的。"

"你最近有和这边的人聊天吗？比如朋友什么的。我记得你说过，和这边的朋友已经不常来往了。"

她回答之前那阵短促的犹豫是否仅仅是他的想象？她还是没有对他讲过马科的事。之前有一天，瑞秋那个讨厌的闺蜜雪莉平白无故地当众宣布，她听说马科·赫尔南德斯真的向法院申请了禁止令，要求安娜永远与他保持五百英尺以上的距离。这显然是雪莉最擅长的无聊笑话，但他仍然希望安娜可以做些什么让他安心——最好可以痛哭流涕地对他说"你一直默默陪伴着我,一直以来都是这样",然后哀求他宽恕她此前多年对他的忽视——不过,只要她愿意和他见面,他就会原谅她。

事与愿违,原本一切顺利的对话突然滑向了令人不安的方向。"其实,"安娜说,"我确实有跟米西·约翰逊聊过,你认识她吗?她告诉我你有女朋友了!瑞秋·德文-芬克尔?我说怎么可能,没有的事。但她坚持说是真的!"

"哈哈哈哈哈哈哈哈!"泰德说。

安娜一言不发。很显然,像失了智一样哈哈大笑并不是一个令人满意的回应。于是泰德接着说:"嗯,是,我们最近经常在一起。"

"在一起……约会?"

"我是说,我也说不好。其实我们没有确定关系。"(其实他们有。)"这很复杂。"(其实一点也不复杂。)"你了解我的为人。"(她并不了解。)"但总的来说……是的。"

刚才还兴致勃勃的泰德现在感觉自己可能马上就要吐出来了。安娜竟然跟他聊瑞秋,这感觉非常不对劲、非常奇怪,就像是被父母捉奸在床一样。

"等我回去,我们可以一起出去玩!我想见见瑞秋。我们俩太久没见了。"

"呃,当然没问题,只要你愿意。"

"你知道我们的妈妈是朋友吗?以前我们经常一起出来玩。上学之后我们各自有了自己的圈子,渐行渐远了。但瑞秋真的是一个非常好的女孩。我对她印象最深的就是她从小就超级喜欢马。还有小马宝莉什么的,你有印象吗?"

干得漂亮,安娜。太机智了。真实的情况是学校里一度风传瑞秋·德文-芬克尔曾经用小马宝莉自慰。这种八卦没人当真,但是所有人都津津乐道。泰德本人就曾在午餐时跟其他男生据传闻的真实性展开过激烈的讨论(她是把小马宝莉捅进去吗,还是……?),而当传言的热度逐渐消退时,他主动献上"助攻"让它又"火"了一把,因为瑞秋的"小马宝莉丑闻"成功地让所有人忘记了另一个在三年级学生里传得沸沸扬扬的八卦:泰德曾在春季音乐会期间在乐器室里拉屎并被音乐老师"人赃并获"——当然,这纯属子虚乌有。

安娜怎能理解被人背后议论的那种羞耻和无助?他真希望自己可以相信安娜说这话是出于嫉妒,但他办不到。她只是在划地盘,就像狗在草地上撒尿一样。她到底有没有把他当人看,一个活生生的、有呼吸的、会思考的人?

他花了这么久试图弄清她在想什么,但在她的想象中,他的面具背后又藏着怎样的想法?

泰德第一次开始想象自己像(准备)对待瑞秋那样对待安娜:残忍粗暴,毫不在乎她是否舒适,因为尽管他非常爱她,他同时也深深地恨她。在他的幻想里,安娜被他压在身下,他的手掐着她的喉咙,而且,天哪,瑞秋也在。瑞秋全身赤裸,跪趴在他面前。泰德抓起安娜的头发,逼她——

逼迫她——

两人都——

"你听见我说什么了吗,泰德?"安娜问。

"没有……抱歉,你看,我,呃嗯,我有事得先走了!"

安娜回到新泽西的第四天,泰德在瑞秋的卧室。二人刚刚完成一场"朋友以上,恋人未满"的肢体切磋。泰德穿衣服的时候,瑞秋问他新年夜有什么安排。

"不知道,"泰德边说边穿上一只袜子,"我可能会在家待着。"

"你怎么能在家待着呢?"瑞秋说,"艾伦要举办聚会,我告诉她我们会去。"

"什么？你为什么要这么做？"

"怎么了？"

"不跟我商量就擅自做主。一帮我根本不认识的二年级学生的聚会，我会想去吗？我是不是有别的更想做的事情呢？难道你不应该先问问我吗？我也有自己的生活啊。"

"哦。你刚才自己说的，你新年夜没有安排，要待在家里啊。"

"我说的是我可能会待在家里。"

"好吧。你还可能做些什么呢？"

"不知道。辛西娅·克拉祖斯基家有个聚会，我在想要不要去看看。"

"辛西娅·克拉祖斯基家的聚会？"

"是啊，怎么了？"

"辛西娅·克拉祖斯基邀请你去她家参加聚会。"

"怎么了？"

"泰德，你是说辛西娅·克拉祖斯基邀请你去参加她的新年聚会，而你还在考虑要不要去？"

"你是……脑子抽筋了吗？"

"我只是想把事实理清楚。辛西娅·克拉祖斯基打电话给你，说'嗨，泰德，是我，辛西娅，我想请你来我家参加聚会'，是吗？"

"显然不是。"

"那么是谁邀请你的呢？"

"你都在说些什么啊？是安娜邀请我的。这么点事情有什么可大惊小怪的？我甚至都没说我会去，我只是说我正在考虑。"

"哦，这样我就明白了。这样就非常清楚了。"

"你根本不明白！我那天在跟安娜打电话，她提到辛西娅家里的聚会，我们聊了聊要不要一起去。什么都没定呢。"

其实根本不是这么回事。实际的情况是：前一天晚上安娜一直抱怨说她根本不想去辛西娅·克拉祖斯基家的聚会，但是碍于情面硬着头皮也得去。泰德据此推测，如果他新年夜当晚刚好独自在家，他就有较大概率能接到安娜在最后时刻打来的电话，然后两个人就能共度新年。主要的活动当然还是在泰德家的地下室看周六夜现场，但在午夜时分，他们会播到网络电视频道看落球仪式，然后他会在冰箱里意外"发现"一瓶冰镇的香槟，等他们俩干完杯，他会开心地坏笑着对她说："我知道这很傻，但我们可以试试!"而她会咯咯笑着说:"我看行!"然后他会像朋友那样,闭上嘴亲吻她的嘴唇,然后退开,静静地等待,她也会沉默一会儿,再主动上来吻他,于是他们俩开始激烈热吻,抱成一团在沙发上翻滚,一直滚到地上。他帮她脱上衣的时候会故意让衣服套在她头上(他是最近跟瑞秋在一起时发现这招的),安娜的嘴巴就会惊讶地变成"O"形,显得十分性感,接着她开始在他身下喘粗气,然后他们俩便干到一起,他会让她高潮迭起、欲死欲仙,然后他们就可以永远幸福地生活在一起。

真是个天衣无缝的计划。

唉,等等。不对,这不是什么天衣无缝的完美计划。这不过是他无聊的性幻想。接着,就在他开始认识到这个事实的时候,瑞秋——他的女友,他的镜像——开始跳起舞来。她只穿着内衣,小小的乳房微微颤抖着,跳了一支拙劣的舞蹈、一支嘲弄泰德的舞蹈。一瞬间,泰德对瑞秋的厌恶和他对自己的厌恶合而为一。

"嗨,我是泰德!"瑞秋一边冷笑着,一边摆动着身体,"看我啊!我是给安娜·特拉维斯当跟班的傻小子。我像跟屁虫一样跟着她,百依百顺、言听计从,只为了让她喜欢我。看我啊,看我啊,快看看我啊——!"

你有没有过那种自我完全崩溃、索性破罐子破摔的经历?

各种复杂纠结的想法浮出水面,一切都突然变得无比清晰却又惨不忍睹——德语里肯定有形容这种感觉的词。就好像你在人潮拥挤的商场里经过一面镜子,你心想:那个衰人是谁啊,一副低声下气的样子好欠揍啊,我真想揍他一顿——哦不对,是我。

"她请我了吗?"瑞秋的恼火已经肉眼可见,"我有没有资格跟你一起参加那个高端的聚会?"

泰德没有回答。

"所以说她其实并没有邀请你?只是你一听说她要去,就死皮赖脸地凑上去,'哦安娜,自从你上了大学我一直很想你,我希望能和你一起远离尘世,安静地看上二十个小时的周六夜现场,我会给你做爆米花,还会朝你耳朵里重重地吹气'?"

"嗯,"泰德说,"差不多。"

"我有个主意,"瑞秋说。"我们三个可以一起去参加辛西娅·克拉祖斯基家的聚会。对啊!为什么不呢?我可以给安娜打电话。我跟你说过,我们的妈妈是好朋友,对吧?我会问她我们俩能不能去辛西娅家。她肯定会说可以。跟她见面聊天一定十分有趣。你会喜欢的,对吗,泰德?"

"不,"他说,"我不会。"

但他们确实就是这样做的。

时间回到二〇一八年的纽约。泰德仰面朝天躺在手术床上,被推进急诊室拥挤的走廊。他的头无法左右扭动,只能盯着天花板上一只发出刺眼光芒的荧光灯。他怀疑自己是不是要死了。这也太荒谬了,他对自己说。我怎么可能要死了呢。不过是被一个女人用玻璃杯砸了一下。这算什么啊,怎么会有人因此而死,荒唐至极。想到这儿,瑞秋的脸突然浮现在他的脑海中。"各种头部受伤致死的案例多了去了,泰德。"她满脸鄙视地说。

泰德想:我应该不会死,但我现在又害怕又孤单,我不喜欢这样。

"我说,"他扯着干裂的喉咙喊道,"谁能给我解释一下,这是怎么回事?"

根本没人理睬。过了半天,才有几个模糊的身影朝他游了过来。他们的问话颠三倒四,回答也含混不清。好在伴随胳膊上的一下刺痛,一股极乐的畅快之感涌遍他的全身,让他顿感舒爽。

在药物的作用下,泰德的记忆开始纠结缠绕,一种怪异却出奇可爱的幻象油然而生。在幻象中,安吉拉扔过来的玻璃杯砸中他的头之后没有弹开,而是当即碎裂。一块玻璃碎片正中他的额头。它像高塔一样矗立在他视野的中心,刺破肌肤、深入头骨,让他动弹不得,却又在灯光下反射出彩虹般绚烂的光圈。它像一面镜子,映照出他前半生的一次次惨状。

当时当日。一如今时今日。

新泽西州特伦顿。一九九八年的最后一天。

泰德和瑞秋来到辛西娅·克拉祖斯基家的门口。瑞秋的准备之充分,仿佛即将踏上战场的战士。她穿着一条黑色的贴身长裙,头发是精心做的法式盘头,还喷了啫喱水定型。泰德按了按门铃。主人像是故意要晾着他们似的,辛西娅·克拉祖斯基过了好久才打开了门。

"嗨,"泰德说,"我是泰德。"

瑞秋挤到两人中间。"安娜请我们来的。"她说。

辛西娅说:"谁?"

"安娜·特拉维斯。"瑞秋说。

辛西娅耸了耸肩,好像从没听说过安娜·特拉维斯这个人。

或许她真的没听说过。"随便吧。"她说,"啤酒在冰箱里。"一进屋,泰德立马就看见了安娜。她正在角落里跟莱恩·克雷顿聊天。她下着紧身裤,上穿一件平淡无奇的罩衫裙,一头染成淡红色的头发显得十分违和。相比瑞秋,安娜看起来有点……过于朴素?她还是泰德熟悉的那个样子:疲惫不堪,六神无主,低落悲伤。泰德心想:瑞秋是不是比安娜漂亮啊?或者她们俩一样漂亮?但就在泰德的世界开始连根拔起之际,他看到安娜把手放在了莱恩·克雷顿的肱二头肌上,充满挑逗意味地笑着。他感到自己的心再一次被安娜摔碎在地。

瑞秋看到泰德死死盯着安娜,而安娜此时正专注地看着莱恩·克雷顿。她一时僵住了,抓起泰德的手紧紧攥住,攥得泰德手臂生疼。

这时安娜也发现有人在看她,拉起莱恩·克雷顿的胳膊带他过来跟瑞秋和泰德打招呼。大家逢场作戏地互相拥抱,装模作样地说着:"天哪,真是好久不见。"安娜和瑞秋笑着聊泰德的小毛病——"你有没有注意到,他……"——站在一旁的莱恩·克雷顿看上去十分无聊。

泰德心想：参加聚会的所有人今天晚上都可能会死，我也一样，随他去吧。于是他把自己灌得烂醉。

正当宾主尽欢之际，门铃突然响了，接着人群骚动起来。安娜突然消失了。泰德想要跟上，却被瑞秋拼命拉住手腕。有人议论说马科·赫尔南德斯刚才来过，但他一见安娜也在就马上离开了。于是大家又开始谈论起那传说中的禁止令，有人质疑是否真的确有其事，有人则认为它似乎没什么实际的作用。

转眼已是午夜时分。

泰德舌吻着瑞秋，手在她屁股上胡乱抓着。他发现享受自己根本不在乎的事情是可行的。对他来说，这种感觉——既感到快乐，同时又感到超脱于这种快乐——本身就是快乐的。他甚至怀疑是不是什么奇迹让自己皈依佛门了，要么就是他已经疯了。

等泰德终于把舌头从瑞秋的嘴里抽出来，他才发现安娜正盯着他们看。她看起来很沮丧。瑞秋见安娜正在看他俩，又示威一般地吻起泰德来。泰德感觉自己就像一根被喷了一身尿的杂草。

安娜走开了，不过等瑞秋离开房间上厕所的工夫，她又回来了。

"泰德，我可以跟你聊聊吗？"她问道。

"当然，"他说，"怎么了？"

"单独聊。"

她带他来到门廊。外面下着雨夹雪，寒冷刺骨，但泰德刚才毕竟喝了很多酒，再说他此时也已经顾不上冷了。安娜点燃一支香烟。她呼出一股灰色的烟气，挠了挠大腿。泰德之前不知道，安娜竟然抽烟。

"我真的无法相信，"她终于开口说道，"我不敢相信你竟然做出这种事。"

"我做什么了？"

"大庭广众之下跟你女朋友秀恩爱。抱着她到处乱摸。就在我面前。"

"哈？"泰德说，"你什么意思？"

安娜上身前倾。"我说不清……"她说，"或许我只是觉得……"她欲言又止，"我觉得，我们过去几周一直在聊这对我来说是多么困难，我是多么担心见到大家。我其实不想来，你知道的，但是你决定跟你的新女朋友一起过来，所以我没办法，必须来。然后马科来了，然后……我感觉很受伤。我来找你，希望你能和我聊聊，却发现你在角落里跟瑞秋·德文-芬克尔忘情地亲热。我就是……我就是觉得我们的关系好像变了，我感觉我失去你了。我想你，泰德。"

她的眼里含着热泪。尽管悲伤是安娜的常态，但是泰德从未见过她像此刻这样失落。

"你怎么一句话也不说？"安娜吸了一下鼻子，问道。

"可能是……"泰德说，"我不知道应该说什么。"他尴尬地伸出双臂揽住她。"我一直是你的坚强后盾，安娜。这一点你应该知道的。"

"我知道。"她说着，把头靠在了他的肩上。这一刻，泰德感觉仿佛回到了在篝火旁度过的那个美好的夜晚：宿命的枷锁突然解开，让他得以从"马科伤害安娜，安娜伤害泰德，泰德伤害瑞秋"的无尽循环中暂时脱身。

安娜哭着说："我受够了那些渣男。我想找一个可以信赖的人。我想找一个可以好好待我的人。"

接着，安娜——光彩照人、美艳无双的安娜；笑靥如花、肤如凝脂、发如翠黛，连鼻子上的雀斑都闪闪发光的安娜；浑身散发着迷人香气的安娜；让他立志弱水三千只取一瓢的安娜；让他为之献出生命也在所不惜的安娜。安娜，这世间最完美的姑娘——

吻了他。

我会好好待你的,安娜。泰德抱着她想。我会用我的余生好好待你的。

不过先给我一分钟时间,我跟瑞秋分个手,去去就来。

于是安娜在门口等待,泰德独自回到房间里,告诉瑞秋他要先走一步。"是安娜,"他说,"她……我们……"

他没说完,也不用说完。瑞秋脸上的表情深深地刺痛了他早已烦乱不堪的心。

接下来的,当然就是尖叫、哭泣。

还泼了好多啤酒。(那次只有酒,杯子都抓在手里、安然无恙。)

但最终,泰德还是带着安娜成功脱身。来时他带着瑞秋·德文-芬克尔,走时他领着安娜·特拉维斯。他觉得自己已经拿到了天堂的绿卡,这是他一生最伟大、最光荣的时刻。

二十年后,躺在医院手术床上的泰德不得不承认,自那之后一切都开始走下坡路。

一九九九年三月十三日,在经历了三个半月的异地恋之后,泰德在大学女生宿舍的上铺将自己的童子之身献给了安娜·特拉维斯。但令当事双方都始料未及的是,泰德发现自己竟然无法维持勃起状态。虽然泰德永远不会承认,但问题就是安娜的表情。似乎对安娜来说,和泰德的初次做爱完全是例行公事。似乎对她来说,和泰德做爱跟服药或者吃蔬菜也没什么区别。似乎她满心想的都是,唉,我的人生烂透了,跟泰德做一次也没什么大不了的。

不,这不公平。安娜是因为爱他才跟他做爱。自从他们确认恋爱关系,她就无数次向他表达爱意。正是因为她爱他,所以才跟他做爱,而由于他也爱她,所以性爱是两人之间公平的交换。她之所以爱他是因为他的"好"。但是在她眼里,"好"意味着"安全",而所谓"安全"对她来说就等同于:"你深深爱着我,所以你永远永远不会伤害我,对吧?"

安娜是爱泰德,可她不想承受任何痛苦。她对他并没有强烈的渴望,没到无法自拔的程度。但这恰恰是泰德希望自己被需要的方式:他一直希望女人忘我地爱他,疯狂地需要他——就像安娜需要马科,他需要安娜,以及瑞秋需要他那样。少了这种令人痛苦的痴恋,泰德就硬不起来了。一开始,他在内心向自己大喊:"泰德,你在跟安娜·特拉维斯做爱啊！"试图通过这种方式解决问题，但根本不起作用。最终，还是瑞秋帮他解决了难题：他想象着瑞秋知道他跟安娜·特拉维斯做爱的时候妒火中烧、怒不可遏的样子，竟然成功地重振雄风。看看我现在在干什么吧，瑞秋，他一边射精，一边得意扬扬地想。

你这个贱人，你这个蠢货。

泰德和安娜的远距离恋爱持续了一年半。第一年，泰德竭尽全力地经营这段恋情，但后面六个月，他开始劈腿。先是跟另外一个女生在大学寝室的地板上，之后的劈腿对象后来变成了他的前女友之一；中间回家过感恩节的时候，他还"加班"跟同样回家探亲的瑞秋·德文－芬克尔重温旧梦。泰德跟瑞秋做爱时，他想象中的安娜扇动着小天使的翅膀绕着他俩飞来飞去：我如此美丽，完美无瑕，她叹息着。可你竟然和瑞秋·德文－芬克尔做出如此兽行，难道你是这样的人吗？

问题在于，跟瑞秋·德文－芬克尔做爱让泰德感觉很轻松。在她面前，他不用装模作样。她对他已经了如指掌。

随着年龄的增长，他发现自己最初在安娜身上试用的技巧不知不觉中已经日臻纯熟。诀窍就是：把你的心当成诱饵，摆在女人面前。假装自己是极易上钩的纯情好男人，但永远保持若即若离。嘿，是我啊，我在这儿呢，我是傻傻的泰德啊。你比我漂亮、活得比我潇洒，你是最伟大、最聪明、最棒的。如果能跟你在一起，我会为了你，成为有史以来最好的男朋友。

可怜的泰德、呆头呆脑的矮子泰德、让女人为之倾心的泰德。他用万把钢钩钩住了女人的自尊心。他只需要保持微笑，再自嘲几句，对面的女人就会认定他"人好"、"聪明"又"有趣"。她们找到各种理由让自己接受他，说服自己跟他约会一次。她们为自己善良地给他一次机会而感到骄傲自豪。

年龄的增长也扩大了可供他选择的范围。毕竟，有越来越多的女人厌倦了对马科们的无休无止的追求；她们渴望在泰德们的怀抱里安度余生。

常有别的男人为这种权力结构的逆转而兴奋，他们发现，人过三十，找女人反而更容易了。或许有的男人可以全身心地投入这种交易，可以看着他们终于搞到手的昔日女神的眼睛，却对眼前的真相视而不见……但泰德做不到。他在安娜的眼睛里看到的，跟他在赛琳娜、梅丽莎、丹妮尔、贝丝、阿耶莱特、玛格丽特、芙洛拉、詹妮弗、杰奎琳、玛利亚、塔娜、丽埃娜、安吉拉眼睛里看到的东西一样：疲倦，放下。他能看出，她们为自己能找到一个"好人"而沾沾自喜。所谓"好人"，其实就是"没有我好，所以本来配不上我的人"。他很清楚，她们之所以选择他这样的男人，是因为他"比较安全"。

诚然，这些女人的肉体总能给他带来某种愉悦，但这种愉悦中夹杂着怨恨——既是对这些女人，也是对他自己。他在自己的幻想中完成复仇，而在这一过程中，他的幻想变得越来越复杂，直到他的下体变成了出鞘的利刃，两情相悦的欢爱变成了令人绝望的蹂躏。就好像孩子们玩儿的游戏：你为什么打自己？不要再打自己了！只不过在泰德身上是：不要再用我的阴茎伤害自己了！

当然，他所有的前女友最终都跟他反目成仇。她们越是觉得自己跟他在一起是委身"下嫁"，就越是在他抽身离去的时候热情地挽回。可以说他成了她们自我惩罚的工具：我到底做错了什么，连这个低级的男人都不能如我所愿？她们找出他身上的各种毛病，等待着她们帮他改正：他"不敢直面自己的感情"，或者他"害怕做出承诺"。但她们对于这一切的前提一直深信不疑，那就是不管他嘴上怎么说，他内心深处仍然想跟她们在一起。比方说，就在安吉拉朝他扔出玻璃杯的一瞬间，她心里想的还是：你肯定是喜欢我的啊。你他妈的快点承认啊!

我是我。

而你,是泰德。

二〇一八年,泰德在 Facebook 上加了安娜和瑞秋,虽然他跟两人都已经多年未见了。瑞秋已经结婚,是一名儿科医生,也是四个孩子的母亲;安娜在西雅图做单亲妈妈。如今的她看起来生活还算顺心,但曾经有一段时间她过得很难。泰德怀疑她可能参加了什么心理康复项目。她偶尔会发一些与她的人设不符的鸡汤:比如"虽然我不能改变风向,但我可以调整风帆,顺利抵达我的终点",还有"越是黑暗的时刻,越要找到光明"。

此时此刻,泰德躺在手术床上,想着安娜。实际上,他可以看到她。伴随着各种声音的合奏,她扇动着翅膀,穿过彩虹,向他走来。

现在几点了?几月几号?今年是哪一年?安娜过来了,但她不是一个人。跟她一起过来的竟然是道德法庭上的那些女人。她们站在他的病床前,轻声地对他指指点点,盯着他看,一如既往地对他评头论足。她们忽然吵了起来,好像在争论什么事情，他感觉这一切都源于一个核心的误解，一个根本性的误会。如果不是他的额头正中钉着一大块碎玻璃，如果不是有血不停地往他嘴里流，他可以把一切都澄清。

我并不想伤害任何人，他试着对她们说。我只是希望有人能真正接受我、爱我。问题在于我们之间存在太多误解。我试着装作一个好人，然后就停不下来了。

不对，等等。我重新说一遍。刚才说的不对。

我唯一想要的就是被爱。嗯，应该说是被崇拜。我希望能被需要，疯狂的、痛苦的需要，不顾一切的需要。这有什么错吗？

不对，等等。我不是那个意思。

等等，听我说。我可以解释。好人泰德背后其实有一个坏人泰德，然后，坏人泰德背后还有一个真正的好人泰德。但是没有人见过他。自他降生到现在，从没有任何人注意到他。而在这一切的背后，我还是那个想要被爱、虽然反复尝试但仍然不知道应该怎样做才能得到爱的孩子。

嘿，快住手。快把我放下。我跟你说正事呢。你们能不能先听我说？天花板上的灯太亮了，照得我眼睛疼。再有，能不能把空调打开？温度这么高，我他妈怎么解释啊。

谁在我脚下点了把火啊?

　　我要说的事情非常重要好吗?你们要把我带到哪儿去啊?听我说,你们能不能——

　　我是个好人啊,我他妈向上帝发誓。

泳池男孩

"再看一遍吧。"泰勒说。她坐得离电视屏幕太近了,凯丝都能看见她脸上随着屏幕里播放的片尾字幕闪着微光。

"我以为我们要玩儿悬浮聚会游戏呢。"丽兹抱怨着,但是泰勒此时已经爬向了VCR。凯丝觉得,可能丽兹其实也跟泰勒一样喜欢这部电影,只是羞于表达。但泰勒没那么多忌讳:"你们最喜欢哪段?"

"呃,都挺喜欢的?"丽兹说。

凯丝一把抓起碗里剩下的玉米粒,舔着上面的盐,好为自己多争取一点时间。"我喜欢……"她开口说道。她想起看到某一处的时候,泰勒曾经并拢双腿微微地前后摆动,胸口还泛起了一丝红晕。凯丝当时也看呆了。"我最喜欢那位女士将那个男孩儿按到水面下,然后他上来换气那一段……"

丽兹听到此话盯着凯丝看了半天,让凯丝感觉有点头晕目眩。接着,泰勒咯咯笑了,凯丝知道她猜对了。"哦天哪,是啊。你还记得他看她的眼神吗?想象一下如果有人这样看你,你会怎样?比如埃里克·海灵顿,或者……"

泰勒的目光又转向了丽兹,"或者柯蒂斯先生。丽兹,想象一下柯蒂斯先生用那种目光盯着你。"

"得了吧。"丽兹边说边朝泰勒扔过来一个枕头。泰勒挥手把枕头挡开,笑着朝丽兹扑过来,却不乘想一头扎在了凯丝的大腿上。"嘿,那一段确实很精彩。"她朝着电视屏幕上男孩蝶泳的倒放画面说。"我们就从这儿开始看吧。"

凯丝坐得离电视最近,但是如果她要换位置,泰勒也得换,于是她等着看丽兹是否会启动电影。果不其然,丽兹按下了播放键。

屏幕上,一个男孩儿正在一个女人的注视下游泳。男孩儿只穿了一条短裤,女人留着尖尖的长指甲,涂着同样的红色口红和指甲油。泰勒心满意足地长出一口气,靠在了凯丝身上。女人从暗处走来,坐在深水区岸边,把脚趾垂入池水中,仿佛下到水中的鱼饵。看到这里,凯丝已经不知道自己的两只手该放在哪里才好了。男孩儿游到女人面前,说了些什么——为了不吵醒泰勒的妈妈,她们把声音关得非常小,所以男孩儿说的话她们都没听清。女人听了他的话,开始和他玩闹起来,挑逗他,先让他靠近自己,再一把将他推开。

凯丝终于决定把一只手放在地板上,另一只手放在大腿上。此时屏幕上,男孩儿抓住了女人的一只脚双手捧住,然后认真地在每个涂了指甲油的脚趾上吻了一下。丽兹哼了一声。"太假了吧。"她说,"谁会想要亲别人的脚啊,那么恶心?"女人把脚搭在男孩儿光裸的肩膀上,然后一蹬,把他踢到了水下。凯丝开始轻轻抚摸泰勒的头发。男孩儿喘着粗气浮出水面,但女人再次把他按到水下。他双腿紧蹬,双手抓住了女人的小腿。男孩儿长得有点像瑞凡·菲尼克斯,又有一点像莱昂纳多·迪卡普里奥,尤其是他那双温柔而忧郁的眼睛。凯丝的手指轻抚着泰勒的太阳穴,摸得泰勒痒痒的。女人终于放开了男孩儿。男孩儿从泳池中站起,睫毛上、乱发上还沾着细小的水珠。他睁开眼睛,看着女人。凯丝确信,那眼神绝对是泰勒喜欢的。那男孩的眼神好像在说:"你对我做什么都可以。"泰勒在愉悦中身体紧绷,微微颤抖,凯丝也随之感到一阵酥麻。电视屏幕中,女人笑着吻了男孩一下,两腿搭在了男孩肩膀上。男孩随即将头埋在了女人的两腿之间。

那一晚,她们玩儿了悬浮聚会游戏,凯丝和丽兹把泰勒举过头顶,她奇迹般地在空中漂浮了片刻,仿佛没有任何重量一样，然后才摔落在地面。她们玩儿了MASH[①]，并得知了她们未来丈夫的名字。丽兹睡着之后，凯丝和泰勒把她的一只手放在一杯温水中，想逗她尿床，不过没有成功。

接下来的几年中，每次睡衣聚会时，那部电影都是当晚的主菜。直到泰勒的妈妈发现了那盒录影带并将其没收，她们才改看《糖果人》。最初一两个月，泰勒仍对那部电影痴心不改，但后来突然有一天她开始跟格蕾塔·约根森玩，可凯丝和丽兹都不喜欢她，于是她们闹了几周别扭。等到她们重归于好，睡衣聚会已经感觉像是很久以前的事情了。

尽管如此，十年级的时候，当泰勒试图跟凯丝解释她为什么选择跟杰森·麦考利夫约会时说："我喜欢他看我的眼神。"这让凯丝瞬间回想起电影中的泳池男孩。凯丝当时便认定，泳池男孩就是那种会感恩戴德地亲吻你的脚、为了你可以忍受任何痛苦磨砺的男孩子。她以此帮自己理解为什么泰勒高中几年一直在和各种衰男或抑郁的酒鬼交往，为什么每次聚会都会有完全不认识的陌生人凑过来问她那

[①] MASH（或者写作"M.A.S.H."）一词由"Mansion"（别墅）、"Apartment"（公寓）、"Shack"（棚屋）和"House"（住宅）四个词的首字母组成，是一种形式上与笔仙有一定相似之处、试图利用随机数字"预测"将来结婚对象、儿女数量、开什么样的车、住什么样的房子的游戏。

又漂亮、又招人喜欢、学习又好的闺蜜到底看上"他"哪一点——这个"他"指的是泰勒约会过的十几个又丧又没用的男生之一。

凯丝高三那年出柜后,很快就跟她的第一个正牌女友如胶似漆,把她痴缠泰勒的那段日子完全抛在脑后。或者更准确地说,她并没有忘记,只不过稍稍给真实的记忆添油加醋——正如每一段炙烈的少年情谊一样。虽然激情已过,但凯丝仍会非常认真地观察泰勒,绞尽脑汁地解读她的一举一动。

一天晚上,两人都已大醉,泰勒哭哭啼啼地抱怨着最近的分手。凯丝随后说了一句:"你真是太差劲了。我真无法相信,我竟然爱了你这么长时间。"

这番话让泰勒惊得立马止住悲声。"你爱我?"她说。

"算了。当我什么都没说。"凯丝赶紧结束了这个话题。而当两人清醒之后,谁也没有再提起这件事。

上了大学,三个女孩儿远隔千里。泰勒在新生入学周遇到了新男友加布里埃尔,而在接下来的四年中,她与凯丝渐行渐远。尽管凯丝只从丽兹那里听到个大概,但显然这段恋情充斥着无穷无尽的争吵和涕泪横流的和解,消耗了泰勒的全部精力:二人互相抓挠、撕咬,然后再彼此舔舐伤口。自她们有生以来第一次，泰勒即将被自己的热情带上歧途。大四那年，她和加布里埃尔分手了，后者立马逃到了加州。她紧追不舍，再次与他和好，然后为了他临时休学。丽兹前去看她，回来告诉凯丝，泰勒状况堪忧：她瘦了二十磅（尽管这在洛杉矶可能是标准身材），不停地喝伏特加汤力，眼袋明显，而且上臂有一圈瘀青。

"你觉得我们应该干预一下吗？"她问凯丝。但凯丝不想卷进去。

"她这是求仁得仁。"凯丝说。谁又不是呢？

十年之后，凯丝和丽兹住在布鲁克林。丽兹在一家教育行业的非营利组织工作；凯丝则成了一名专攻合同法的律师。凯丝男女通吃，丽兹则情路不顺，并开始因此妄自菲薄。泰勒一直远在加州。她跟加布里埃尔的虐恋终于结束，但就在收尾之前，还发生了一方出轨不忠、另一方寻死觅活，最终警方介入的狗血戏码。丽兹对这件事内情的了解多于凯丝。三人会不时通过Skype聊天，一般都是凯丝和泰勒一阵一阵地说个不停，好像一切都没有改变。但这样的聊天局一般都是丽兹发起的，如果丽兹太忙没时间，凯丝和泰勒连续几个月也不跟对方说一句话。摆脱了加布里埃尔后，泰勒的境遇似乎好了很多。她换了工作，找了一个新的心理医生，读完了学位。另外，根据丽兹的消息，她又开始约会了，对方好像是一个制片人，叫莱恩，似乎和她很般配。"太棒了！"丽兹说。

一天晚上，泰勒宣布她跟莱恩订婚了，丽兹兴奋地尖叫着："这是我听过的最好的消息了！"

但坐在丽兹身旁沙发上的凯丝此时只感到一阵混沌，仿佛她的灵魂刚刚从很遥远的地方被塞进了身体里。莱恩？她心想，莱恩算是哪根葱？然后她才回过神来，恭喜着泰勒，竭尽全力地模仿着丽兹兴奋的语气。

"你们一定要参加我的婚礼。"泰勒说。凯丝点点头。丽兹说："放心吧，我一定会去的！"

但随着三人谈到婚礼场地、穿什么鞋子、选什么婚纱，凯丝渐渐感到了一丝不快，好像泰勒想要对她们说什么，又难以开口。第二天上午，凯丝和丽兹一起吃早午饭时收到了一条短信，二人终于明白了泰勒的难言之隐。

看到凯丝的脸色忽然阴沉，丽兹愣住了，举着一勺班尼迪克蛋放在嘴边动弹不得。"怎么了？"丽兹问道。凯丝没有回答，于是她又重复了一遍："发生什么事情了？"

凯丝把手机屏幕转过来给丽兹看那条短信。丽兹的眉头立刻锁在了一起。"天哪。"

"她是认真的吗？"凯丝问，"我甚至没见过她男朋友。她在洛杉矶没朋友吗？"

"哇哦，你怎么了？忽然这么说，不太厚道啊。"

凯丝说："你是那个一直在为她付出的人。如果她要找人做伴娘，也应该是你啊。"

"呃，她并没有。所以……？"

"所以我也不想去。"

"但是你必须去。"丽兹说。不过她说错了。当晚，凯丝一口气喝了三杯啤酒，然后直接拨通了泰勒的电话。"听着……"她开口就是一通长篇大论，意气用事又显得有些自私。"我对婚礼这东西的看法一直很复杂……真的不是我的菜……这阵子钱有点紧……六月工作太忙……你可能看不出来，但是丽兹真的会很伤心……"

泰勒耐着性子听着，时不时插一句"嗯""哦"。二十分钟过去，她们最终达成一致，丽兹当伴娘，凯丝当"名誉女伴"，具体职责待定。

"婚庆产业就是一个消费陷阱，是资本主义恶臭，而且非常不女权，我不喜欢。"后来一次出来喝酒时凯丝告诉丽兹。

"换个说法：你是个没心没肺的婊子。"

"要不我在婚礼上念首诗吧。"凯丝说。但泰勒并没有放过凯丝。几天后，丽兹通知凯丝，让她负责筹办单身派对。

"就是女王冠加上男性生殖器形状的吸管这种？"

"不是。"丽兹说，"王冠、吸管什么的都不要。拜托了，你别总是那么自我中心，想点她会喜欢的。"

于是凯丝开始绞尽脑汁。她认真努力的程度让她自己都感到惊讶。她给其他要参加聚会的女伴们发邮件，问她们是否素食、有何宗教信仰、有没有怀孕。根据邮件反馈，她把筛选范围缩小到三个备选方案，邀请大家投票。投票结果确定后，她给丽兹打电话，告诉她单身聚会的时间定在周末，地点定在赛拉山的一个木屋酒店。"干得好！"丽兹找到木屋酒店的官网看了一眼，不禁惊叹：房间里有大壁炉、豪华浴缸，还有一流的风景。凯丝对自己的工作成果感到十分骄傲。她和泰勒又好好聊了几次。她对莱恩的情况也熟悉多了：比如他家乡何处（科罗拉多）、怎么跟泰勒认识的（在线婚恋网站），以及泰勒喜欢他哪里（沉稳、诚实、关注环境保护、跟妈妈的关系不远也不近）。或许这将成为她与泰勒弥合旧怨、修复关系的契机。

但是不乘想，灾难随即到来。丽兹跪在凯丝家的沙发上，喝着酒,说:"唔,只是有一个问题。泰勒不好意思直接告诉你:单身派对她想换个方案。"

"什么?木屋酒店她不喜欢?"

"也不是,我是说,她对木屋酒店没意见。但我猜,可能是因为莱恩决定要跟朋友去拉斯维加斯,想都不用想就知道到时候肯定是赌博、喝酒、脱衣舞,泰勒觉得几个女生在山里过一个周末,有点太朴素了。"

"脱衣舞?我以为莱恩是好男人呢。"

"他确实是。这个决定有点不像他。我感觉泰勒就是因为这个才不开心的。"

凯丝打了个寒战。"那……怎么办呢?"

"她想要稍微……狂野一点的东西。至少不能比男生的单身派对差太多。趁着最后的机会找点乐子,然后就毫无遗憾地安分过日子了。"

"如果她觉得结婚之后就没有乐子了,那或许她根本就不应该结婚。"凯丝说。

"别意气用事。所以,你能不能想个新的方案?"

"我能想到的东西估计她都不喜欢。"

"试试吧,好吗?她需要这个。帮帮她吧。"

凯丝想了上百个点子,但最终每一个都不满意。男生带着朋友去拉斯维加斯,女生能干什么呢?一帮微醺的女人尖叫着朝几个浑身抹油的肌肉男扔百元大钞?那不叫狂野,也不性感,完全就是个笑话。找个男的穿一身警官制服来敲门,然后开门把他裤子扒了?凯丝越想越生气:热情洋溢、比任何人都更认真地追求心爱之物的泰勒,在人生大事的重要节点,得到的不应该只是这些无聊的欲望把戏。但问题是,泰勒究竟想要什么?

嗨,丽兹,泰勒的派对有预算空间吗?

不知道,也许有。怎么了?

我想给泰勒一个惊喜,但是我可能得自己添点钱,你能凑一份吗?

应该没问题吧。你有什么点子?

呃,我现在不想告诉你。这件事有点复杂。如果我办成了,你会知道的。

第一个难关就在于:那个电影的名字她都不记得了。当时是泰勒无意中从有线电视上翻录下来的。她本来想录别的,但是计时器调错了,结果就录到了一部她们谁也没听说过的、朦胧又有些色情的恐怖电影。当时十二岁的她们就断定那是部烂片,要不是片子里的那个男孩让泰勒魂牵梦萦,她们都不好意思跟别人说看过这片子。

那个男孩。凯丝知道他叫什么吗?她感觉自己好像隐约知道。她可能只知道他的名字但是不知道姓氏,或者只记得他名字的一个音节。查德、尼克,或者布拉德。也许他有三个名字,当时好多演员都是这样。她搜了查德·迈克尔·尼科尔森、尼克·布拉德利·查德森、布拉德·查德·戴德森。

都不对。想不起来了。

好吧。那么电影的情节究竟是怎样的呢?唔,片子里有一个性爱场景,发生在水池里。一方是那个男孩儿,查德、布拉德之类的,另一方是个年纪稍大的女人,后来她变成了吸血鬼。那一幕剧情每一帧她都记得。但是毫不令人意外的是,在谷歌上搜"电影 性爱场景 泳池 女吸血鬼"并没有得到什么有用的信息。加上"九十年代"或者"Cinemax"也没用。"口交"也不行。还有什么?她竭尽全力地回忆。是不是有一个什么掘墓人?有人物复活的情节?她隐约记得男孩和女人一起躺在一个棺材里,男孩趴在女人胸口。对了,电影里有一把刀,一把必须藏起来不能见天日的刀。也许这是另一部片子?她毫无头绪,但是她知道总能查到。这个年代，查东西并不困难。她只是需要一些细节，可以用来搜索的东西。有一个词就好。

凌晨三点，她终于想起来了电影里的另外一幕。那个女人带着另一个男人以及那个男孩。那一幕里他们都变成吸血鬼了，一起躺在床上，彼此喝着对方的血。这他妈到底是什么鬼电影啊，几个十二岁的小女孩儿竟然傻笑着围成一圈、一边吃爆米花一边看这种片子。但是那个男的——可能是女人的老公，或者是吸血鬼领主，或者创造者——他给那个男孩留下了一个……疤痕还是纹身？她记得那个东西就在男孩的后背上。男人和女人一起凑近他，在他身上写了什么字，写的是……她记不清了。但是她差一点就想起来了，因为泰勒后来在课上把那句话写在了笔记本上。本子上有一个桃心，插着一把刀还在滴血，下面引了一句话，那句话是关于爱情的。凯丝之所以记得那句话，是因为泰勒后来把本子落在了她家，而凯丝一直没有还回去。那句话她用手指着读了不下十遍，就像在追寻泰勒的白日梦：

爱是——爱是——

她的记忆就像一盘跳带的磁带，卡在这里不动了。

爱是，爱是。

她重新倒回起点，按下播放键——

爱——爱——爱情孕育——
爱情哺育——

突然一步迈过鸿沟。

爱情哺育了怪兽。

就是这句。足够了。

以下内容摘自 IMDb：

贾里德·尼古拉斯·汤普森，演员、作者、制片人，一九九一年首次出镜试验电影《血孽》（影片以录像带形式首发，后于二十世纪九十年代初成为有线电视深夜档重要片目）里无名的泳池男孩而成名。他曾先后出演电影《救救我》（1994）、《挑战极限》（1995）、《致命暴露》（2000），以及 Lifetime 原创影片《姐姐的承诺》（1993）。在息影十年后,贾里德以幕后编剧和制片人的身份重返影视圈。他最近的作品包括其与长期好友及合作者道格·麦金泰尔合作的网剧《爹区》(正在制作中)。汤普森现与妻子和六岁的儿子共同住在洛杉矶。

泳池男孩现在已经是一个接近四十岁、眼角开始出现细纹的中年男人了。他有一个推特账号、一个YouTube频道,以及一小撮坚持维护他的脸书主页、毫不客气地直呼其名的女粉丝。这帮人多数都是冲着他泳池男孩的表演来的,但为了争取到他的注意也会假装对他最近的项目感兴趣:"@jnthompsn的新片 #爹区 让我狂喜——我从 #泳池男孩 开始就一直喜欢他"。提到#爹区的推文贾里德都会老老实实地回复,关于他早期作品更为露骨的推文("终于找到了 #午夜档 的初恋 @jnthompsn——天啊,还是那么辣啊啊啊啊嗷嗷嗷啊")他一般都视而不见。凯丝把这一点牢记在心,开始思考该怎么联系他。

对于一个在二十世纪九十年代的色情恐怖电影里扮演无名角色走上演艺事业巅峰的演员来说,职业生涯的机遇一定非常有限。凯丝晚上七点给他发了消息,他十二点刚过就回复了。两天后,二人约在Skype上视频聊天。他的面庞闪现在屏幕上,比记忆中那张稚气未脱的脸更加棱角分明，感觉是从另一个时空穿梭而来的神秘特使。

贾里德声线温柔，略带沙哑，笑声却出人意料地尖利。跟电影里相比，他年龄大了很多，但诡异地让人感觉没有变化：同样白皙的皮肤、黑色的头发、迷离的大眼睛。聊天一开始，凯丝先是东拉西扯自己为什么要联系他，试探着。作为一个演员，他丰富的表情或许是他最大的财富，而一旦谈起正事，他内心的想法也同样暴露无遗。当她暗示他或许不满足她的条件时，他显得垂头丧气；听到她的赞美之后，他又重整旗鼓，挺直了腰板，像是一株刚刚浇过水的花草。

她向他解释了一下这次演出机会，对细节避而不谈，只是强调钱很多：露脸两个小时保底五百美金，如果事情进展顺利还另有五百美金。他犹豫了一下，然后答应了，这让她有点怀疑他是不是完全不明白状况。她很确定，只要她提到"单身派对"这个词，他马上就会拒绝——他肉眼可见地想得到人们的尊敬，而这在她看来，就像是老姑娘不合时宜的骄傲。再说，什么叫单身派对啊？无非就是一群想见他的女人。礼貌聊天，偶尔调情，尝试说服他脱掉衬衫，没准儿还会试着连哄带骗地忽悠他走进泳池。

搞定了神秘的特邀嘉宾，凯丝把聚会地点从赛拉山的木屋酒店改在了洛杉矶市中心的一家酒店。没有了全是女生的登山、野营以及地下室睡袋，取而代之的是水疗、熏香按摩、卡拉OK、跳舞，还有管够的葡萄酒。凯丝忙着组织、预约、下单、定人——然后飞去洛杉矶机场，泰勒在那里接她。她们俩上一次像这样见面还是……多久之前来着？她们一边拥抱一边相互问候。时光飞逝，真的已经过了这么多年吗？

泰勒那只玫瑰金色的订婚戒指上顶着一大颗棱角分明的钻石，把阳光变成彩虹洒在她的车顶上。这些年她也没怎么变——凯丝唯一能明显察觉的变化，就是她手指关节处的皮肤比原来粗糙了一些。她跟莱恩在回声公园的爱巢布置得十分漂亮，光滑的白墙上挂着亮丽的几何图案装饰画。冰箱上挂着一张白板，上面用泰勒那认真的圆体字写着婚礼相关待办事项的清单。清单顶上写着：亲爱的，别忘了……

丽兹是当天晚上到的。与凯丝不同，她给女主人带了礼物。虽然这是三人自高中以来首次在一起过夜，但她们还是早早地上了床。第二天早上，单身派对正式开始。早午饭上，相机频闪，所有人都狂发Instagram。

吃完早午饭，她们转场水疗，然后在桑格利亚酒吧喝了四个小时。凯丝全程忍不住观察泰勒，试图在泰勒脸上读出她的未来。十年后，她会富足幸福吗？茁壮成长的孩子、花草茂盛的庭院以及杂乱却幸福的家？她会不会长出肚腩，以及几根白发？抑或她会像其他很多女人一样靠沙拉和压力度日，臣服于肉毒杆菌、漂白和饥饿疗法，只要生命不息，就跟赘肉战斗到底？

天哪，凯丝，冷静，冷静。她脑海中一个更加理性的声音，一个听起来像极了她大学时的心理医生的声音，温柔地问她是否真的在担心泰勒的未来。正如很多很多前任曾经反复告诉她的那样，凯丝是自欺欺人的高手。所以也可能是因为别的什么？但凯丝拒绝接受那个最为显而易见的解释，那就是她仍然迷恋泰勒。她不知道该怎样称呼它——就是她每次见到泰勒的时候都会有的那种自由落体一般的感觉，那种双手没着没落的感觉——不过她知道，最好还是别把它定义为爱情。

然后夜幕降临。她们坐在装点着彩色小灯的酒店露台，旁边就是一直延伸到天际的无边泳池，仿佛一个不小心就会跌落瀑布，坠入洛杉矶璀璨绚丽的夜色中。这群为了参加单身派对而聚在一起的女士此刻已经共度了八个小时，而事实证明，这八个小时——当然，凯丝，你筹划得真是太棒了！——还是太漫长。每个人的脸都因为笑得太多而变得僵硬酸胀，加上她们开始得太早，只能强忍着越来越强的疲倦，继续一杯一杯地灌酒，来抵御醉意的侵袭。之前互不相识的人已经用尽了所有的客套，就连经常见面的闺蜜之间也已经无话可聊。早在当天下午，泰勒就开始给莱恩发信息。凯丝从泰勒不断地抓起手机甩到一边的动作看出，他们一定是吵架了。

按约定贾里德应该晚上八点就出场，但他迟到了一个多小时。他堵车了，一个劲儿地给凯丝发信息道歉，汇报他刚刚经过高速上哪个出口这种非洛杉矶本地人很难理解的信息。客人们已经基本都快吃完了，有几位已经开始犹豫着要不要回家了（天哪，我简直要累死了，自从我开始参加那个清晨训练营，我基本每天晚上九点就得上床）。凯丝努力吊胃口地预告着接下来的节目，但她给出的暗示怎么听怎么让人觉得今晚的压轴惊喜将是脱衣舞表演。终于，贾里德发信息说已经找到了车位，正要进门。凯丝赶忙手搭凉棚，急切地在人群里寻找。但她没想到贾里德从另外一个门走了进来，于是丽兹第一个看见了他。

瞥见贾里德的一刻，原本正与别人聊天的丽兹就愣住了。"那个人……"她说，"看着好眼熟啊。"她用手肘杵了杵正全神贯注发信息的泰勒。"你认识那个人吗?是不是哪个名人?"但泰勒并没有马上抬头看,所以反倒是凯丝连名字都不知道的另外一个女生叫了一嗓子,吸引了贾里德的注意力:"哦,天哪,大家快看啊!是那个人!就是那部电影里那个!叫什么名字来着——你们都记得我说的那部电影吧?泳池男孩!"

顿时一片骚乱:在场的女生里刚好有三分之一认识贾里德,知道他是谁。

我以前可迷那个片子了!
我没想到还有人记得那部片子!他还是跟以前一样可爱!
你们知道我之前有多爱他吗!

贾里德像是一匹受了惊的马,转头要跑。凯丝赶紧站起身,双手举过头顶,朝着贾里德不停挥动。"贾里德,"她说,"你能来真是太好了。来,这边。"参加聚会的女人们兴奋地轻声嘟囔着。贾里德应声而来,悲壮得像一头待宰的羔羊。

丽兹问凯丝:"是你请来的?他是来找我们的?"
"他是为了泰勒来的。"凯丝说。成年人的世界是多么奇妙：靠着社交媒体和一千美元的力量，她从老式家庭录影带里召唤出了泰勒的梦中情人，将他本尊带到了她的面前。

凯丝拉住了惊魂未定的贾里德的胳膊，转向泰勒，献上了她的礼物："贾里德，这位是泰勒。她可是你的资深粉丝。"

尽管凯丝刚刚帮助泰勒实现了她童年的梦想，但泰勒看上去并没有凯丝预想的那么喜出望外。她伸出一只手递给贾里德，但已经领会了凯丝眼神暗示的贾里德张开双臂给了她一个拥抱。就在二人相拥的同时，凯丝注意观察着泰勒的身体是否微微颤抖，她清纯的矜持是否发生了松动。她是否有点意犹未尽，将手放在他的后背上？她是否是故意将头转向他的脖子，以便品味他的气息？也许是，也许不是。此时泰勒已经结束了和贾里德的拥抱，退回原位。"感谢您专程前来。"她说。口气完全是一个成熟的女主人，而不是一个激动得喘不上气的少女。"不好意思——我知道您是谁，但是您怎么称呼？"

贾里德微微欠身施礼，做了自我介绍，引得桌边一阵痴笑。"所以，"他说，"我听说你要结婚了？"

泰勒熟练地向他展示了自己的戒指。"是的。"泰勒说，

"我敢肯定,凯丝已经跟你说了,但是在我们小时候,你可是我们睡衣聚会上的大明星。"

"没有,"贾里德说,他朝着凯丝露出了牙齿,"这一点她没提,有意思。"他说。接着,大家相互报以拘谨的微笑,直到丽兹打破了僵局。

"贾里德!你这些年都在干什么?你还在做演员吗,还是……?"

贾里德接过话茬,兜着圈子讲起了《爹区》。泰勒朝着凯丝挑了挑眉毛。"我真的完全没想到。"泰勒不出声地比着口型,凯丝则得意地耸耸肩。

"贾里德。"凯丝希望让气氛更活跃一些,"我给你点一杯鸡尾酒怎么样?"

"不了,谢谢!"贾里德欢快地说,"我不喝酒。"

"贾里德!"另一个女人打岔道,"给我们讲讲你拍《血孽》时的感受吧。你是怎么接到那个角色的?"

"这事说来话长……"贾里德说。席间所有的女人都将身子探向他,仿佛朝向太阳的花朵。凯丝此时已经明白,尽管贾里德无比希望得到他人的尊重,但这显然不是他第一次为了别人二十多岁时的性幻想而与人共进晚餐。他是个技巧娴熟的交际花:认真倾听,魅力四射,还能以柔术大师般的迅捷轻松避开露骨的性骚扰。女人们一遍又一遍地挑逗他,但他总能化险为夷,将话题拉回《爹区》。凯丝开始觉得她和贾里德此时正在进行一场暗战:她要将这个夜晚推向性、危险、刺激……而他则不失礼貌地想把她们都聊死。

三十分钟过去了。一个小时过去了。一小时二十五分钟过去了。女人们脸上都带着些微愉悦之色,时不时地问特殊嘉宾一个问题。但凯丝恨不得把酒杯咬下一块来嚼得粉碎。她足足花了一千美元,就为了办一场粉丝见面会?

"贾里德。"她说。她那突然变得粗重的声音说明她已经显出醉意。"我有个主意。你想不想游泳?"

"哈哈!"他说,"有点冷吧,你觉得呢?"

"这哪叫冷,"凯丝说,"丽兹、泰勒和我从小在马萨诸塞州长大。天气比这冷得多的时候,我们还去游泳呢。"

她用眼光示意另外两人帮腔。泰勒视而不见,丽兹却坏笑着挺身而出。"游泳有意思啊。"她说着,拉起了泰勒的手腕。"还记得高三那年,我们翘了法语课,一起去小池塘游泳的事吗?"

泰勒停下了正在编写信息的手,抬起头。"然后浑身湿透地溜回了学校。"

"然后斯万夫人就说:'你们两个怎么全身都湿了?'咱们就说:'体育课之后洗了个澡!'"

凯丝也只是从丽兹不厌其烦的讲述中才听到过这个故事——这是为数不多的只有丽兹和泰勒两个人的回忆。但只要能打破眼下的僵局,无论什么办法凯丝都愿意尝试,于是她充满鼓励地朝丽兹笑了笑。

"快来吧,咱们一起去游泳。"丽兹说,其他女人明白了她的用意,此时也兴奋起来。面对泰勒"我不确定……"的回答,她们用拳头捶打着桌面,有节奏地吆喝着:"泰勒!泰勒!"直到她最终点头同意。

女人们摇摇晃晃地来到泳池边,边走边甩掉鞋子和手包。但贾里德仍然双手抱胸,巍然不动。

凯丝来到他身边。"你不一起吗?"

"不了,"他说,"我就不凑这个热闹了。"

很显然,他怨恨凯丝把他卷入这样的局面,但那又怎样呢?凯丝也恨他。他就是一根避雷针,注定要承受各种各样狂野的能量。他是欲望的承受者,而不是产生者。

"来吧,下泳池。"她说。

"不了,谢谢。我没带泳衣。"

"听着。"她凑近了他的耳边,"我花了一大笔钱请你过来，所以你最好别他妈的犹豫了，快跟我朋友一起游泳。"

贾里德皱了皱眉，眼睛直勾勾地盯着前方，根本不看她。她猜想，在贾里德外表的坚强、沉闷和骄傲之下，暗藏的是羞耻。

"拜托了，"她说，"这对泰勒非常重要……"但他还是不吱声，于是她补了一句："我再付给你一百。"

"二百。"他阴郁地说。

"行。但是接下来半个小时你可得卖力气一点。"

说时迟那时快，他一下子起身，踢掉了鞋子，边脱衬衣边朝泳池走去，那动作的流畅程度让凯丝觉得他可能从一开始就对今晚的活动内容心知肚明。"女士们。"他的声音变得油腔滑调，又有点自嘲。女宾们还站在泳池边，不敢进水。贾里德将衬衣团成一团扔到一边，岔开双腿站在泰勒面前。"虽然我非常愿意相信各位都是我的网剧的观众，但就像你的朋友刚刚善意地提醒我的那样，我今天能受邀来此，不是没有原因的，"贾里德说，"谁想跟我一起游个泳？"他轻摆臀部，解下了系在腰间的皮带，举在头顶挥动着。

女宾们发出阵阵兴奋的尖叫，但凯丝却感到难为情而愤怒。贾里德现在正在做的事情，恰恰是她最害怕的。她费尽九牛二虎之力把他挖出来，最不希望看到的就是他用闹剧惹人耻笑的同时，还把泰勒也捎带上。此时，贾里德扭动着身体开始脱牛仔裤，一边对着想象中的音乐舞动，双手一边沿着大腿慢慢下滑。泰勒站在一旁看着这一切，简直比贾里德本人还尴尬，就像主题餐厅中不情愿地接受服务生"生日快乐歌"表演的寿星一样。真该死，贾里德·尼古拉斯·汤普森，凯丝心想。去你妈的吧。

这时，贾里德的裤子已经脱到了脚踝，他只穿着内裤，像个白痴一样跳着舞。不过至少，此时的他已经进入了预定的角色：柔美，皮肤光滑细嫩。尽管他竭尽全力让自己变成一个小丑，他的美仍然扑面而来。而且不仅凯丝看出了这一点，她发现泰勒也将这一切尽收眼底——虽然她的表情没有明显的变化，但面庞的线条却突然柔和了很多。

贾里德舒展了一下肩背，露出了腋下两团浓密的黑毛，而泰勒则抬手解下了绑住马尾辫的发绳。接着，贾里德毫无预兆地一蹲身，俯冲潜入泳池中。他的动作并不熟练，入水时溅起的水花打湿了附近几个女人的衣服。有人掏出手机开始拍照。"婚礼应该打什么 tag 来着？"她轻声嘟囔着，但是没有人应声。

此时，泳池中的男孩正游着蝶泳，一如二十年前的那部电影。他的双臂完美同步，优雅地拍击着水面，水流则随着他身体的律动紧贴他的腹部、臀部和大腿。他每游完一圈，都会猛蹬一下泳池壁转向，身后留下一串香槟酒一样的气泡。宾主一行仿佛置身一间肮脏的汽车旅馆，她们此刻只能听到贾里德在水中翻腾的声音。他游了三圈，潜在水下游完了最后一段，就像飘荡在静水中的一条闪光的丝带。他游到盘腿坐在泳池边的泰勒面前，踩着水，耐心地等待着。泰勒站起身，双眼微闭，仿佛身在梦幻当中。她抬起腿，任拖鞋从脚上滑落，然后将脚探到他的面前。他双手捧过她的脚，抬头瞥了她一眼，然后就将她的脚趾深深地放入自己的口中，吸吮起来。所有在场围观的女人同时倒吸了一口气。一只不知是谁扔在桌子上静了音的手机闪了三下，然后屏幕熄灭了。泰勒从贾里德手中抽回了自己的脚，轻轻地踏在他赤裸的肩膀上，接着猛地踩了下去。他应声入水，双手大张，划拉着她的小腿。时间就这样一秒钟一秒钟地过去。尽管凯丝知道这只不过是一场游戏、一场付费的表演，但她仍然忍不住想象他困在水下，左右翻腾，等待泰勒允许他喘口气的时刻。最终，伴随着一声沉重的喘息，他浮上水面，头发上的水珠仿佛一颗颗闪闪发光的珍珠。他抬头注视着泰勒，泰勒也俯视着他。

行了,凯丝心想,我成功了。我已经实现了她的愿望。接下来又会发生什么呢?

泰勒笑了。"今晚就到这儿吧。"她说。她抬起仍在水中的脚,站起身。这时,凯丝来到她身后,双手扶上她的肩膀,把她推进了水里。

疤

那本书我是在图书馆一个书架后面发现的。其实也算不上是一本书。没有封面，充其量只是钉在一起的一摞复印资料。书的背面没有放借书卡的地方，也没有条码。我把它卷成一卷，塞进口袋里，从图书管理员的眼皮子底下大摇大摆地走出了图书馆。太叛逆了。

回家后，我打开书的第一页，一字一句地按照书上的指令行事。我在家里地下室的地上用粉笔画了一个圈，像调制花哨的夏日鸡尾酒一样把橱柜里拿出来的罗勒叶和蓝莓碾碎搅拌在一起，揪下一缕头发烧成灰放了进去，又用针刺破手掌，挤出一滴血滴了进去。我做这些并不是因为我真的相信这样做会让我心愿成真——我甚至都不知道我的心愿是什么——而是因为我读书够多，深知如果你能在图书馆书架后面找到一本咒语书，那你至少也要试一试才对。

然后，一切如常，什么事也没有发生。虽然我一点也不意外，但还是有些失望。我翻完了整本书，想看看还能用咒语变出些什么：财富、美貌、权力、爱。把这些东西单拎出来感觉有点多余，其中某些东西完全可以归在书最上面的一行字"心之欲"——也就是"心愿"的类别之下。但老实说，对我而言，这些都太老套了。我起身准备离开。如果我抓紧时间，应该还能赶上酒吧的特价时段。因为刚刚想到了夏日鸡尾酒，我开始口渴，地下室又充斥着头发燃烧留下的刺鼻气味。

他就是在那时突然出现在原本空无一物之处的。他的双膝被水泥地面擦破出血，手掌张开，仿佛摔落在地。他低垂着头，就像刚洗完澡的狗，不停地摇晃。

还有，他一丝不挂。

我差点笑出来。短暂的一片空白之后，我脑海中浮现出的第一个想法是：可笑。一个裸男，我这是许了个什么心愿啊。然后，随着理性重新上线，我尖叫着一溜烟地爬上了地下室楼梯往外跑，脚下一个趔趄，撞在了地下室门上。

就在我哭号着伸手抓门把手的时候，他站起来了。身子摇摇晃晃的，脚踝转动的角度令人惊惧。他踉跄了一步，然后重新站直了身子。

他抬起头看看我。"别怕。"他说。

只不过，他说话有口音，可能是苏格兰口音，也可能是爱尔兰口音。于是他这句"别怕"，吞掉了字母a的音，听起来像是"别疤"。

我终于一把推开门冲出去,反手一摔将门重重地关上、锁好。我逃到厨房,从刀架上抽出两把最大的刀,身体下蹲呈防御姿势。我以为他会追我,试图把门踢开——地下室的门挺破的——但是三十秒钟过去,仍然悄无声息。

我举着刀,挪到手包的位置,用手肘把立着的手包打翻,里面的手机掉到了桌面上。

我完全可以拨打电话报警,而且不用费口舌解释什么。

"我家里有一个裸男。"

"他怎么进去的?"

"我不知道。"

这样,警察就会响着警笛过来救我。就算他们没找到他——假如这一切都是我的幻觉——我也可以告诉他们,他跳窗逃跑了。报警就是这样一个低风险的解决方案。

但是。

如果荒谬感是我大脑最先从震惊中恢复过来的部分,紧接着是恐惧,那么姗姗来迟的便是好奇。

我刚刚成功地施展了魔法。

有时候,当故事里的人遭遇非正常现象时,他们会陷入恐惧。因为现实的面纱已被撕裂,他们突然发现,自己曾经深信不疑的事情都不过是谎言。此时此刻，我盯着手机，心里就是这样的感觉，只不过我感受到的是完全不同的情绪：不是恐惧，而是令人晕眩的、扑面而来的喜悦。书中的故事忽然变成了现实。我就知道，我心想。我就知道这个世界比看起来的更有趣。

我把手机放进裤子后面的口袋里，重新确认了一下按哪个键可以直接拨出紧急求救电话，穿上我的黑色皮夹克——半是为了保暖，半是为了壮胆。我手握钢刀，走下楼梯。

他还站在粉笔画的圈里，跟我刚才跑出去的时候一样。

我不能向你描述他的头发、眼睛的颜色、脸的形状，因为这个活生生的人代表我内心最深处的欲望，而不是你的。你自己的想象才能符合你的期待。我只告诉你一点：他比我期望的还要更高大、更雄伟——在各种意义上。他谈不上漂亮，没有任何阴柔的气质，也不像天使那样可爱。所以如果你想象中我面前的人具有以上三者特征之一，那么请你再试一次。

我在最高处的楼梯上坐下，用刀对着他。"别动。"

"我想动也动不了。"他说，"你看。"说着，他向前迈了一步，但紧接着就跌了回去，仿佛撞上了一道玻璃门。

一切看起来都十分真实，但谁知道呢，也许上天送给我的这个意外的礼物就是一场骗人的裸体哑剧。我再次朝他挥了挥刀子，以示警告。

咒语书就在下面一级台阶上，半开着。我一把抓了过来。

我又看了一遍咒语那页，看能不能找到什么线索，但无论我怎么看，都只能看见页面顶部用模糊的老旧字体写下的标题：心之欲。

"你到底是谁？"我问他。

他张开了嘴，又闭上了，然后抱着肩膀想了想。"我也不知道，"他说，"我不记得了。"

"你不记得自己叫什么？还是你什么都不记得了？"

他摇摇头。"什么都不记得了，"他忧伤地说，"完全想不起来。"

"你能帮人实现愿望吗？"

"不能。"他说，接着嘴角上扬，挤出一个浅浅的苦笑，"至少我不知道自己有这样的能力，也许我们可以试试。"

"我想要一只猫。"我脱口而出。我想要一个安全的小件东西，只要出现了我马上就能知道的那种。"不对。先别动。刚才那句话我收回。我不想要猫，刚才那句不算。我想要一亿美元。纸币，不是硬币。百元纸币。现在立刻。帮我实现吧。"

他用一种觉得有点好笑的表情看着我，然后无论是猫还是钱都没有出现。他摊开双手，咧嘴一笑。"不好意思，"他说，"好像不行。"

他的笑容让我感到脸红，但我克制着自己不要微笑回应。对于美丽的男人和女人，我都是这种反应：一开始受其吸引，然后开始退缩。从一时冲动开始，到恼羞成怒结束。

"这地方有点冷。"他温柔地说，"能麻烦你给我拿条毯子吗？"

"我考虑一下。"我说。

楼上，在厨房里，我摆弄着手里的刀，踱着步。我大脑的一半说，行了，就给那个裸男一条毯子吧，另一半却坚决反对。这个咒语并非那么简单直接，即便不是什么黑魔法，至少也是个靠不住的魔法。因为，如果他说："我是个儿童肿瘤医生，但我业余也写诗。"那好吧，或许这确实是心愿成真。但是一个长得很帅的健忘症患者对我来说又有什么好处呢？再说，古往今来，粉笔画的圈里关住的都是恶魔，绝不可能是未来男友。递给他东西，就相当于打破了这个保护圈，他就能跑出来了。如果这件事我弄巧成拙，可能就一失足成千古恨了。所以采取下一步行动之前，我必须先再看一眼咒语书。

他应该不会有事的。毕竟，地下室也没有那么冷。

当我几个小时以后再次下到地下室的时候，我的客人正坐在地上，双手紧紧地抱住膝盖，面色已经相当苍白。粉笔圈的远端有一片潮湿的痕迹，地下室的空气中此时不仅是烧焦头发的味道，还有尿骚味。

糟糕。

"抱歉让你久等了。"我说，"毯子我给你拿来了。我待会儿再给你拿个空瓶子之类的。"

那个男的抬头看了看我。"听着，"他说，"我知道你一定觉得这非常奇怪，但我可以发誓，这对我来讲更奇怪。你让我做什么都可以，而且我绝对不会伤害你，我保证，但拜托你至少试一下：如果你可以把这个粉笔圈擦掉一点，或者整个擦掉，或许我就可以走出这个圆圈，然后上楼聊聊？"

"嗯……"我说，"我不会那样做的。抱歉，因为万一你是个魔鬼什么的……我不能冒这个险。不过我可能有个办法：我会把毯子递给你——假设我可以穿过粉笔圈。请你接住毯子，然后你就把手放在那个地方不要动，就放在圆圈的边缘，我可以碰到的位置。别的什么都别做。明白了吗？"

"明白。"他叹了一口气。

我把毯子递了过去。他接过毯子，照我说的那样伸着胳膊，然后我就用刀在他胳膊外侧划了一下。

"干什么？"他大叫出来。他向后一跳，头刚好撞在粉笔圈上，然后贴着空气墙倒了下来，整个过程看上去十分奇幻。可能是我比预想中划得要深，他的小臂上此时有一条粗粗的红线，还在往外冒血。他惊恐万状地盯着我，后背紧紧贴着粉笔圈的边缘，仿佛只要他足够用力就可以突围一样。

"把胳膊给我。"我说。

"我才不要。"他用另一只手护住被我划伤的手臂，回答道。

我从裤子后兜里掏出一卷纱布。"我需要你的血，"我说，"我很抱歉。我只是需要做个试验。只要试验成功，我马上就让你出来，我保证。"

他大声对我吼着:"从我眼前滚开,你这个疯婆子!"

第二天早晨,我用托盘装着隔壁咖啡店里买来的各种好吃的,下楼走进了地下室。一杯热气腾腾、加了奶油和糖的法式烘焙咖啡,一只酥脆的羊角面包,一杯满是红色浆果的酸奶芭菲,以及夹了大量奶油芝士和粉嫩熏鲑鱼厚片的洋葱贝果。地下室里的气味比昨天更糟了,但即便如此,食物的香气还是能穿透乌烟瘴气,直抵人的鼻腔。

我把托盘放在地上,尽量不去看粉笔圈内的狼藉,我的客人则对我怒目而视。假如我真的误会了这本咒语书的机制,假如上天是真心实意地想把我的灵魂伴侣送到身边,那么事到如今,我肯定已经搞砸了。

他咬牙切齿地亮出胳膊给我看。伤口已经愈合了,结了一层黑色的痂。

"把你的另一条胳膊给我。"我说着再次掏出了刀子。他瞪了我一眼,撇撇嘴,纹丝不动。

我完全明白,你现在可能一头雾水,但先听我说:之前是我理解错了。"心之欲",就是最上面印的那行字,不是咒语的名字,而是这本书的名字。第一个咒语是没有名字的，就跟我召唤出的这个男性一样。但是下一个咒语——"财富"——所需要的长长的材料清单里，除了银子、刺柏、绿色蜡烛、迷迭香之外，还需要血。不是随便什么血，而是用同样模糊的字体写的"心之血"。这个咒语我昨天晚上亲自试过。我刺破自己的手指，滴了一滴血出来，然后什么也没有发生。这证明，我需要的是他的血。必须得是他的血才行。

我指了指他仍然无法触及的美味食物。"我可以等。"我说。

地下室中，圈中的裸男狼吞虎咽地吃着食物，而我则在一旁施法。一捆捆钞票从天而降那种神奇的事情并没有发生。我刚要给警方打电话，让他们上门把这个非法入侵我房屋的疯子带走，突然我的电话响了起来，对方还是一个陌生号码。

所谓"笑子"，说的就是你突然接到电话，被告知一个亲戚刚刚去世，并把所有的财产都留给了你。因为亲缘关系太远，听到这个消息你完全不会觉得难过。

我给他配了一个枕头、一条短裤、一个简易厕所，饮水美食无限量供应——只要他肯配合。"求求你，别这样。"我再次回到地下室的时候他说。但是，换成你，你又会怎么做呢?

过了一周,他试图从我手里把刀子夺过来,还想把我也拽进圈里。但他晚了一天:我昨天刚刚给自己施了"神力咒"。

我发誓,我对他足够尽心尽力。我后来不划他胳膊了,而是尽量轻轻地在后背上划一刀,完事还给他包扎好。伤口愈合很快,尤其是地下室里比较潮湿:没有留下丑陋结痂的伤口,只有一片粉色细线组成的网格,随着时间的流逝慢慢变成漂亮的银灰色。

尽管已经过了好几周,但这对我来说仍然不容易。之前从来没有人害怕过我。每次看他一见我就吓得躲到一边,我就感觉心如刀绞。

我对自己施了"智慧咒"之后,才想明白应该怎么解释这一切。眼前这个男人,没有名字,没有历史,只有一副严格按照我的喜好所定制的皮囊……就连他轻快的口音都来自我心底的梦想。我不单单是把他召唤到此地,而是创造了他。因此,既然他是我用草药、血液、魔法以及欲望召唤出来的,那么他就不是真实的。他跟那些咒语以及每个咒语前面的材料清单一样,都只是那本咒术书的一部分。他其实不是一个人,而是一个"想法",一个靠着我的想象以及书页上的文字获得了人形的"想法"。

智慧真是个好东西。用了智慧咒之后，我睡得好多了，早知道就该第一个用它的。

"你看起来不一样了。"有一天早上他对我说。的确是不一样了。有些咒语的效果要花上几个小时甚至几天才能看出来，比如突然继承一大笔遗产啦，或者火速升任总经理啦。但是有些咒语用完了，一觉醒来世界就不一样了："神力"、"智慧"、"美貌"都是这样。"没错。"我说。鉴于我已经说服自己眼前这个男人不过是虚无缥缈的幻象，我对自己竟然喜欢他那一刻看我的样子感到十分惊讶——我竟然想要他那样看我，我竟然想要他这个人。现在既然我已经拥有了美貌，拥有了各种各样的能力，我可以放松一下戒备了。

我开始花更多时间待在地下室里。他也不怎么搭话，但至少还是个不错的听众。我们都是孤独之人。那一件件发生在我身上的神异之事，我根本没法与他人谈论，而在那个局促、黑暗的小圈子里待久了，他也渴望我的陪伴。或者，他装得非常渴望我的陪伴。

一天晚上，夜已深沉，我在半醉半醒间向他承诺，当我把书中所有的咒语都用完，就会放他出来，与他共享我所拥有的这一切。毕竟，我含混不清地说，军功章有你的一半也有我的一半。我没有那么幼稚——我知道我不可能完全信任他。但他实在太可爱了，我忍不住想把他变成我的东西，而我现在已经习惯了心想事成的感觉。当然，我知道他也不会原谅我——除非在我的帮助之下。我尽量不去看后面的咒语——那样跟直接跳到结尾没什么区别，感觉不太尊重这本书——不过，我还是知道了，最后一个咒语是"爱"。

然后，材料清单上多了一样东西。

心之泪。

到此，我们之间已经形成了一种平衡：只要我拿着刀下到地下室，他就乖乖地把后背扭过来对着我。我看着他，感觉有点反胃。他那身曾经无懈可击的肌肉已经变成松弛下垂的肥膘。整日窝在黑暗的地下，让他的皮肤变得惨白。尽管我已经小心翼翼，但他的新伤仍在隔着绷带渗血。他的脊骨突出，每一节都棱角分明。眼前的景象让我感到了良心的刺痛，我考虑着要不要放弃，要不要蹭掉粉笔圈，还他自由。尽管眼前的男子已经伤痕累累、丑陋不堪，但他需要我，而我对他的渴望也超过了以往任何时候。再说，我已经有了财富、成功、好运、智慧、神力和美貌，"权力"又能给我带来多少额外的幸福呢？

我转动着手里的刀子，陷入了纠结。毕竟书中的咒语才刚刚用了一半啊。

"不好意思，"我说，转动刀子的手并没有停下，一直转到我的手感到灼热、出血。"今天我们得换个方式了。"

我一个接一个地施咒。随着一个又一个晚上过去，要让他挤出眼泪变得越来越困难。我尖叫着，哀告着，祈求着，哭泣着。无助中，我甚至对他说："难道你没有意识到我这样做是为了咱们俩吗？"不过与此同时，我也变得更有创意，不是只会用刀了。他疼痛时会哭，恐惧时会哭，孤独时会哭，筋疲力尽、走投无路时也会哭。此外，他还会专门为了我哭。有些夜晚，我会钻进粉笔圈里，抱着痛哭失声的他，一边轻声告诉他，当这一切都过去、我们终于得以牵手之时，生活将是怎样。

就这样过去了整整一年。他不停地哭泣，我收集着他的每一滴泪水，而世界就这样戛然向我打开了全新的大门。我得到了我想要的所有东西。得到了我认为我想要的所有东西，得到了我想象中认为我想要的所有东西。无论什么东西，只有你能想到的，我都有了。为了能继续满足愿望，我只能不停地创造新的愿望。

终于来到了书的最后一页。我收拾好其他所有需要的材料，带进了地下室：农贸市场上买来的草药、一元店里买来的小饰件。

他蜷缩在地，一动不动，浑身煞白。我见到他时，不由得惊叫出声。他这才颤颤巍巍地睁开了双眼。

"没事的。"我微笑着说，一边把手探进圈内，抚摸着他的胳膊。他全身上下遍布着灰色的伤疤，没有一寸皮肤能够幸免。我暗想，这最后的一道咒语是否能够抹平一切往日的伤痕，让他焕发新生，一切如初？

"宝贝，宝贝。"我低声哼着。

他已经几个月没说一句完整的话了，只剩下低吼和抽搐。我轻轻地捏了捏他的肩膀，抚摸了一下他那已所剩不多的头发。

我从后往前，将书翻到最后一页。这道咒语只要成功，我的爱人就能获得重生，完整地回到我的身边。到时候，我们俩就手拉着手把这本书烧掉。

只不过——等等。不对。该死，不是吧。

就在我的眼前，咒语一点点变得模糊，然后改变。它要我和他都献出别的东西。我本该放声大哭，却开始朗声大笑。我不停地大笑着，大笑着，大笑着。每次都是这样，不是吗？不可能真的事事皆如人意，否则这个故事该怎么教你做人的道理呢？

我又看了一眼书页，暗自指望着上面的咒语再次发生变化，但眼前的文字纹丝不动。于是我走进粉笔圈，把他拽了出来。我还记得一年之前，我尖叫着从他身边跑开的情景。那时的他是多么的魁梧、吓人。如今，我已经膂力过人，而他轻如鸿毛。我张开他的胳膊，褪去他身上破破烂烂的衬衫，拿过刀，跨骑在他的胸口。我俯身亲了亲他干枯、崩裂的嘴唇，将刀尖抵在了他胸口。今日之后，我定会找到其他所爱之人，找到我内心真正渴望之物。毕竟，书里就是这样承诺我的。

"别怕。"我轻声说。

心之血。
心之泪。
心。

火柴盒标志

这个故事，要从头讲起——

中午，劳拉在雷德胡克的一家酒吧里学习。她胳膊旁边摆着一摞从图书馆借来的书，一支铅笔插在挽起的黑色发髻中。她的裤子沾满灰尘，毛衣也有些破旧，双唇却涂了暗红色的口红。对于坐在酒吧另一头远远望着她的大卫来说，这口红既充满魅惑，又违和感十足。她从发髻中拔出铅笔准备在书上划线，一不留神打翻了啤酒，慌忙救书的工夫，两条大腿都被顺着桌子流下来的啤酒浸了个透。那天晚上，当大卫用手擦去他下巴上的口红印时，劳拉告诉他，她的口红其实是精心设计的策略：早上一起床就涂好口红，她说，然后不管你多么不修边幅——什么衣服脏了啊，眼线没擦干净啊，头发太油啊——人们都不会觉得你懒散邋遢，反而会认为你光彩照人。但实际上，劳拉就是这样一个懒散邋遢与光彩照人的结合体。她的邋遢就是她的光彩，两者一点也不矛盾。再说，大卫暗想，用烈焰红唇掩饰尘垢，这是只有非常漂亮的年轻女孩儿才敢大胆贯彻的时尚哲学。这种女孩子即便什么都不做,也仿佛散发着光芒,污泥和丑陋的衣服对她们来说甚至是一种炫耀的手段:你看,即便这样,也无法掩盖我的美。

二人在一起六个月之后,即便他们会对彼此说"我爱你",即便他们也会像其他情侣那样吐槽朋友或者为"什么时候吃饭"这样的小事争吵,但大卫内心里总是感觉,劳拉有一天会突然抬起头,错愕地看着他说:等等,这只是个玩笑,对吧?你算老几啊?

一天晚上,她比约定好的晚饭时间晚到了一个小时。他还以为是她终于忍不住要宣布跟他分手了,没想到她宣布自己研究生退学了。她希望他能接受那个之前一直纠结不定的工作机会,然后他们一起离开东部,搬到西部,"尝试一下加州生活",重新开始。

那么,大卫是否想放弃现在的工作,搬家去加州呢?劳拉这番对二人新生活的想象来得太突然、太令人头晕目眩了,大卫也说不清自己到底是什么想法。但是当天晚上,劳拉用她做所有事情时的那股冲劲刷着牙,往盥洗池里吐了一口,发现白色的泡沫里带着血丝。她把脸凑近镜子,龇着牙咧着嘴,盯着镜中自己带血的牙齿出神。后来,大卫时常会想起这一幕,他觉得这似乎是一种预兆:劳拉,站在镜子前，专心致志地欣赏自己流血。

一年后的一天，大卫刚进家门，劳拉就凑了过来。"看看这个。"还没等大卫放下公文包，劳拉便命令道。"看看我的胳膊。什么东西咬了我一口。"

大卫一只手小心翼翼地接过劳拉的胳膊，劳拉则把她长了雀斑的柔软的手臂内侧皮肤展示给他看。"天哪，"他说，"是被什么咬了？臭虫吗？"他们居住的这个旧金山的社区里，盛传臭虫猖獗的风闻。只是，他们住的公寓是钢筋结构、落地玻璃，采光极佳，臭虫这种害羞的昼伏夜出的小生物，又怎么能忍受得了？

"不是。"劳拉说，"臭虫咬的是一片小红点。这肯定不是臭虫咬的。"

要明确是什么样的咬伤，大卫就得更仔细地观察劳拉的胳膊，但那又让他感到不适——光是想想被虫子咬的那种痒痒的感觉，就让他浑身不舒服。据他所见，劳拉的手肘内侧长了一个直径大约十厘米的白色大包。上面横七竖八地布满了粉色的划痕，应该是劳拉自己挠的。蚊子肯定咬不出这么大的包。"可能是蜘蛛？"他问道。

"说不准……"

"不管怎样,别碰它。"这句叮嘱与其说是为了她好,不如说是为了大卫自己舒服:他讨厌听指甲划过皮肤的声音。那声音总让他想起人们嚼泡泡糖时发出的那种令人作呕的咯吱声,或是从喉咙深处发出的带鼻音的干咳。劳拉一屁股坐在沙发上,把被叮咬的胳膊使劲伸直,仿佛要通过这种方式克制自己挠痒的冲动。大卫知道,除非他出手帮忙,否则劳拉的意志力基本撑不过五分钟。

他一边在手上倒了一些炉甘石洗剂擦在她的胳膊上按摩着,一边问道:"休息了一天,感觉怎么样?"

她说:"就是总觉得痒。别的倒没什么。"

"你有没有……"

这件事他们已经来回来去地说了好久。劳拉刚来加州时求职不顺,现在则被当地一位性情跋扈的画廊主聘为助理。她对这份工作很不满意,但与此同时——在大卫看来——画廊里永无穷尽的烦恼却又让劳拉欲罢不能。她讨厌大卫暗示她换个工作换个心情,每次大卫建议她再找一份工作,她都会骂他啰唆。

今日一如平日。劳拉根本不等他把话说完。

她一把撤回胳膊,药水洒落在沙发上,留下一道粉色的弧形印记。

"你就非得找我的茬,是吧?"她说,"就不能别管这些吗?"

三天。三处新的咬痕。劳拉变得更加易怒,沾火就着。第三处咬痕在脸上,弄得她那本来棱角分明的颧骨上鼓起了一个大包。劳拉不停地挠,越挠肿得越大,最后眼睛都睁不开了。

"你应该去看看医生。"大卫周五早餐时对劳拉说。他根本不敢直视劳拉,她那只肿胀的眼睛看上去仿佛在朝他挤眉弄眼。

"去不了,"她说,"这病保险公司不管赔。"

"去吧,劳尔①。"

"朗福德街上有一家免费诊所。我约了一个周一的号。"

免费诊所?上次他们出去吃饭的时候,光是酒水就花了两百美元。劳拉这股自己跟自己过不去的劲儿,旁观者看来也是疼在心里。这就好像是眼睁睁地看着她故意把手指往门缝里塞。但大卫没有接招,而是反过来问:"你想让我陪你一起吗?如果我能请假的话。"

---

①劳拉的昵称。

她的脸上露出了灿烂的微笑。"大卫。你真是太好了。当然可以。"

在陪劳拉度过了周末两天四十八小时的时间之后,大卫才真正意识到劳拉已经多么认真地投入到了与皮肤的战斗之中。一夜之间,咬痕数量又增加了三倍,她一整天都在想尽方法缓解瘙痒、克制自己不要去挠。她先是一大早就用小苏打泡澡,完事又用罗勒叶和芦荟涂抹。她强迫症似的剪指甲,反复洗床单,刚刚认真敷上的绷带不一会儿就撕下重敷。除此之外,剩下的时间都花在了网上:她一个接一个地变换着关键词组合——"皮肤 肿 咬 瘙痒"、"瘙痒 咬 皮肤 求助"、"咬 手臂 腹部 脸"。一张接一张地仔细分析让人头皮发麻的病情图片,一楼接一楼地深挖病友论坛里那成千上万条没重点、没好气、没结果的讨论。

大卫趴在公寓的地上,到处寻找劳拉的病因——无论是飞蝇还是幼虫,跳蚤还是螨虫——但一无所获。他自己也开始上网搜索,但查了十分钟之后他就得出结论:可能性太多了,这样搜下去完全是浪费时间。毕竟瘙痒只是一种极其常见的症状,对诊断完全没有帮助。"我真的觉得你不能光看线上医疗,还是得咨询一下正经大夫。"他告诉她。

劳拉伸手用指甲抓挠着胳膊上的肿包——那个肿包现在已经变成了一个坑坑洼洼、闪着暗光的圆环,周围一圈是黄色的,好像一个烟头烫伤留下的疤痕。"行了,"她一边挠一边说,"你就别管了好吗?只会帮倒忙。"

周六晚上,大卫醒来发现身旁的床上是空的。他来到客厅,发现劳拉正坐在沙发上,周围堆满了团成团的纸巾,每张纸上都沾了血。"我睡不着,"她抽泣着说,"感觉像是有什么东西在爬,就在我的皮肤下面。"

大卫从没见过劳拉这么消沉。他吻了一下她头发的分缝处,在她肩头披上了一条毯子,给她沏了一壶茶。然后,他们就这样一夜未眠,直到太阳升起,他帮她梳洗,穿戴整齐。

诊所的候诊室挤满了病人,屋里的空气都感觉黏糊糊的,沾满了病毒。预约的问诊时间过了一个多小时,护士才叫到劳拉的名字。劳拉扬着下巴,坚持要一个人进去。

不到十五分钟,她从诊室里走了出来,拿着一张薄薄的黄纸,脸上挂着难以置信的表情。"那个女大夫建议用非处方抗组胺剂。"她边说边自顾自地快步走向出口。

"她还让我别挠。"

"她没说病因?"

"她根本不知道是怎么回事。"

有那么一刻,他们俩身处一致对外的"同仇敌忾"情绪中。但很快,这段暂时的联盟关系就解体了。劳拉头顶上开始痒了起来,于是她把头上一块二十五美分硬币大小的头皮挠秃了。露出的头皮粗糙,满是皮屑。"你确定你没被咬吗?"她问大卫,"小的咬痕也没有?说不通啊。所有东西都是我们共用的。怎么它们就追着我咬,不咬你呢?"

过去的一周里,大卫无数次感到一股若隐若现的瘙痒划过皮肤,但他每次都控制住自己没有挠,而是用指肚揉到那缥缈的感觉再次归于虚无。

"我不知道,"他说,"对不起啊,宝贝。"

"你有什么可对不起的?"她厉声说道,"这跟你有什么关系?"

"我只是想——我想让你明白,我跟你在一起。"

"哦,好啊。"她说着,抓起一张沾了血的纸巾擤了一下鼻子,"我知道了。"

* * *

周二，大卫照常去上班，但他还是花了好几个小时在网上搜索劳拉的病情，尽管他两天前就已经认定这纯属浪费时间。回到家，他看到劳拉正拿着放大镜观察自己的胳膊，用棉签捅进伤口中。她全神贯注，几乎都没看他一眼。"这里好像有什么东西。我看见了。有点像……白色的……小粉刺。"

他站在她身边，惊呆了。"你在干什么呢？"

她把棉签扎进了肿包里，血当场渗了出来。她大获全胜一般地举起棉签。"就是这个！"她兴奋地叫道。"看见了吗？"在被血浸透了的棉签顶端，好像有一个隐隐发光的白色小点。他眯缝着眼睛试图看清楚那到底是什么东西：虫子？虫卵？还是绒毛？

劳拉看了看棉签。"天啊，它还在动呢。你知道这是什么吗？我查到过。这叫马蝇。如果有人被划伤或者烧伤，这种虫子就会在伤口产卵，虫卵会变成幼虫，幼虫会潜藏在人的皮肤下。或者，人如果在不干净的水里游泳也会感染上幼虫……总之，就是一种寄生虫。这就是为什么你没事，为什么我们找不到病因。这种虫子根本就不是藏在公寓里，它一直就藏在我身上。"

"真恶心。"

"就是啊！"她附和道，尽管她听起来不仅不像是被恶心到了，反而有点如释重负。大卫能理解——毕竟她终于找到了一个解释——但他并不放心，因为即便是透过放大镜，他还是只能看到一个小白点。

劳拉又挖出了四份神秘样本，把它们装进密封袋，打开冰箱，放在了橙汁旁边。她仍然固执地认为没钱看医生，于是去杂货店买了一堆治疗效果不明但气味的确很大的东西：椰子油、大蒜、苹果醋。她拿着汤匙小心翼翼地配制着药方，除此之外什么也不吃不喝。她告诉大卫说，这是因为寄生虫靠糖分提供营养。这样安排膳食就能把它们饿死。

无论是劳拉的诊断，还是她给自己开的方子，大卫都压根不信——但是至少她的眼睛有光了，心情变好了，身上的抓痕也开始消退了。他们甚至能聊一会儿她的皮肤状况以外的话题。他想，也许他并不需要理解什么，这件事也能过去，变成艰难岁月中的又一段插曲。

但是有一天夜晚，他被抓挠的声音吵醒。他伸手阻止劳拉抓自己的脸，手收回来的时候却感觉滑滑的，还有什么液体滴了下来。他打开灯，被眼前的景象吓了一跳：劳拉在睡梦中抓破了眼睛下面的结痂，流出的鲜血盖住了她左半边脸,仿佛戴上了一层光滑的红色面具。

接下来的争吵持续了几个小时。二人吵到一半的时候,太阳已经升起,大卫直接跟公司请了病假。劳拉声嘶力竭地喊着,直到她彻底失声。大卫气得用拳头捶墙。

归根结底,这场大战源于一张表格。这张表是二人刚搬来旧金山的时候大卫做的。表的标题叫"大卫和劳拉的同居生活",记录了二人所有的共同开支:房租、养车、餐饮、旅行。每个月,两人根据收入的比例各自分摊。身为工程师的大卫赚得自然比实际上还是个临时工的劳拉要多。因此,对于二人共同的开支,劳拉支付百分之十八,大卫承担剩下的百分之八十二。

而就在那天晚上,大卫一边擦掉劳拉脸上的血迹,一边说:"你得去看医生。"

"我没钱看医生。"

"没事,可以记到表里。"大卫说。劳拉听了就翻了一下白眼。

"怎么了?"

"没什么。我只是有点受够了。"

"抱歉,我只是想帮你。你能解释一下,我哪里做错了吗?"

"我问你,"劳拉说,"如果我死了,你是不是会把葬礼费用的百分之八十二记在表格里,然后找我家人要剩下的那百分之十八?"

大卫说:"你现在这样浑身是血,不仅不让我帮你,反而还骂我?"

劳拉说:"你知道吗,大卫?"然后争吵就这样开始了。"相爱的人就应该互相照顾。"随着局势愈加焦灼,劳拉的嗓门也越来越大。"相爱的人才不会做个破表格,把给对方花的每一分钱都记得明明白白。根本没有这样的!"

"所以你想怎么样呢?"大卫针锋相对,"所有钱都由我来付,你继续干着你讨厌的那份狗屎工作,就好了吗?"

"这就是你眼中我们俩的生活吗?原来你是这么想的,难怪你这么恨我!"

"我什么都没想!我只是觉得,大家互相分担一点很正常——"

"哦,是啊。你可什么坏心眼都没有。你特别公平,大卫,谢谢你。"

"当然,我也有我自己的感受,我只是——"

"你的问题,"劳拉说,"就在于你根本没有投入到我们这段关系中,根本没有。你总是留后手,你——"

"拜托。我怎么就没投入了——"

"是,你是投入了!你投入了刚好百分之八十二。我怎么能忘了这一点呢?你付的每一分钱都记得清清楚楚。"

"我自己的钱,我还不能记个账了?"

劳拉猛地摇头,就好像这样能帮她把话更好地甩出嘴巴一样。"根本就不是这么一回事。关键是——关键是要懂得怎样去爱一个人!"

这句话仿佛在半空中定住了,直到片刻之后大卫重复了一遍:"你的意思是,我不知道怎样去爱一个人?"

"对,"劳拉像孩子一样倔强地扬着下巴说,"你就是不知道。"

每次都是这样。突然从天而降的机会,预示着争吵有望结束的短暂窗口。她紧皱的眉头开始动摇。她意识到了自己的无理取闹。他也明白这一点。

"这就太可笑了,"他降低了语调说,"因为我清楚地知道,我一直是爱着你的。"

"哼!"她说,强装怒容的样子几乎难以察觉。"那就是你表现得太差了。"

"真的吗?"

"嗯,大多数时候。"

"包括你的生日?"

"我生日的时候,我觉得你的表现还算中规中矩。"

"所以我该怎么做呢?告诉我。我很诚恳地在问你。"

"你什么都不用做。你只需要说:'劳拉。我爱你。一切都会好起来的。'"

"劳拉。"他说着,拉起了她的手,"我爱你,一切都会好起来的。"

劳拉在沙发上打盹的时候,大卫正在打电话给他的医生预约时间。他告诉医生的助理情况十分紧急,终于争取到了当天下午的时间。劳拉醒来之后,他告诉她已经做好了预约。还没等她反对,他抢先开口:"拜托你,这次就听我的吧,好吗?"

医生上了年纪,只有耳朵后面还留着少量灰白的头发。大卫一只胳膊环抱着劳拉,询问大夫是否能陪同她一起进检查室,大夫并未反对。兰辛大夫看到劳拉血肉模糊的脸颊不由关切地发出"啧啧"声。他让劳拉挨个把身上的肿包展示给他看,她照做了。他不时提出温和却极有针对性的问题,她也尽力去回答。这些结束之后,她从钱包里掏出了那个密封袋,给大夫讲述了她的马蝇理论以及她找到的证据。

之后发生了一件奇怪的事情：医生突然变得面无表情，仿佛他的好奇心在那一刻已经完全耗光了。他接过密封袋，敷衍地扫了一眼，然后就把它扔在了桌子上，还抓成了一团。

"除了瘙痒之外，你最近感觉怎么样？"兰辛大夫问道。

劳拉耸了耸肩说："都挺好的。"

虽然这明显不是事实，但大卫忍住了，没有说话。兰辛大夫追问道："你过去几个月感觉如何，情绪上？"

劳拉再次耸耸肩。"我觉得挺好的。"

"睡眠如何？"

"我不怎么睡得着，总是想挠。"劳拉说。

与此同时，大卫也开口了："劳尔！拜托！"

劳拉和兰辛大夫同时错愕地转向大卫。大卫不顾劳拉的眼神示意，接着说："我的意思是，我不是要——瘙痒的问题很严重，这点我知道。但亲爱的，你已经不记得了吗？瘙痒开始之前你的睡眠已经有问题了，因为工作的压力，这是你说的——我的意思是，我能不能说，自从我们搬到这里之后，你一直压力比较大？"

他等着劳拉自己接过话茬，但她并没有。于是他只能接着对兰辛大夫和盘托出，就像讲述他自己的心路历程一样——在一定程度上他确实是这样感觉的——把所有的糟心事都讲了一遍。他说完才发现,劳拉看上去好像觉得自己被出卖了。

这时他才意识到他刚才所做的这些事情的真实后果:他主观上虽然想要帮助她,但客观上却在没有征得劳拉同意的情况下暴露了她所有的弱点,将她的隐秘展现在一个外人面前,并以此证明她的这一切痛苦完全是心理上的。

医生说:"劳拉,如果你同意的话,我想开一份处方,帮你缓解造成你现在面临的压力的一些深层次因素。听上去,你在过去几个月里承受了极大的压力。如果你的情绪能有所改善的话,你皮肤的状况也会不治自愈,我想到时候连你自己也会感到惊讶的。"

大卫赶紧试图补救自己刚才犯下的错误:"那瘙痒问题怎么办呢?您有什么解决办法吗?如果您这边解决不了的话,麻烦您帮我们转诊到皮肤科吧。"他转向劳拉,"你说呢?"

但此时的劳拉看上去心力交瘁,已经丧失了全部的斗志。她伤痕累累的脸上多了一团愁云惨雾。她说:"如果您觉得情绪疗法可以起效,那我愿意尝试。您说什么我都愿意照做。"

医生写好了处方,惊慌失措的大卫跟着劳拉走出了诊室。罪恶感将他淹没。他说:"亲爱的,你能在这儿等我一下吗?"接着急匆匆地赶回诊室。他进门时,医生刚要写完接诊记录。

"大卫,你怎么回来了?"

"抱歉,大夫——我只是……呃,我可能让您误会了。劳拉不是疯子。她最近压力太大是不假,但都是有原因的——工作啊,搬家啊。可能是我给她的支持不够。而且我觉得——我觉得如果她说她真的感觉痒,我们应该相信她。我就是想说这个。"

兰辛大夫使劲用手搓他那长满了皱纹的额头。"我明白你的意思。"他说,"你说的我都懂。让我问你一个问题吧。"说着他从桌上拿起了劳拉给他的密封袋。"你觉得这是什么?"

大卫盯着被搓揉得皱巴巴的密封袋看了看。"这是……她从患处找到的……东西。"

"但是,你觉得这里面具体是什么?"

"虫卵?或者是幼虫?太小了我实在看不清。就是因为这个,她才拿过来化验啊!"

"你可能觉得太小了看不清。"医生说,"但对于劳拉来说并不是。劳拉觉得她看到了什么。你不敢肯定，但劳拉觉得她能确定。"

大卫沉默了。他猜到了医生话里的意思，他不想附和。兰辛大夫继续说："这不是单纯的压力的问题。但这也不是寄生虫。她的情况是典型的所谓'火柴盒标志'。原先病人都是拿着空火柴盒给医生，作为证明他们皮肤下有寄生虫的证据。现在人们都改用塑料袋或者特百惠保鲜盒了，要么就是用手机拍照。但无论用什么容器，里面装的东西都是一样的。死皮，皮肤或者纤维碎屑。所有这些都体积太小肉眼看不见，但在患者本人眼里则完全不同——她的大脑现在已经跟她的身体形成了对立，她伤害自己的身体就是为了寻找一个根本不存在的证据。"

大卫死死地捏着手中的密封袋。这种颇具造化弄人意味的解读是那么的不公平，那么的让人绝望：劳拉千辛万苦找到的关于自身病情的证据，最终却被用来证明她已经失去了理智。

"兰辛大夫，"大卫说，"如果换成我呢？如果是我找到您，声称我感到皮肤瘙痒。您会不会也这么干脆利落地否定我的说法？"

医生闻言皱起了眉，噘了噘嘴。"年轻人，你可能误会了我的意思。我并不是否定你太太的说法。虽然寄生虫可能是想象出来的,但劳拉的痛苦是真实的。寄生虫妄想症可能是抑郁症的一个症状,但也可能是精神病的早期先兆——而且这种病很难医治,恰恰因为大多数病人都不愿意接受治疗。现在,劳拉愿意接受她亟须的治疗。如果你爱她,就不要妨碍她重获健康。请回吧。"

就这样,劳拉开始了药物疗程。她服用的既有抗抑郁药物,也有她被引荐去咨询的心理医生称为"相对温和"的抗精神病药物。这次的治疗跟之前劳拉给自己制定的节食疗法一样,在某些方面似乎是有效的。比如她的睡眠质量终于好转了,尽管她睡眠的时长从一开始的每晚八个小时,增长到了每晚九个小时、十个小时,直到下午还得补个觉。大卫经常下班回家就看见她躺在还残留着药水痕迹的沙发上。她的体重增加了,漂亮的黑色长发开始变得稀疏。但不管怎样,她不再像之前那样不停地抓挠了,脸上的伤口也开始愈合。只是她身上的肿包还是不停地冒头——大卫不由自主地还是认为那是某种咬伤——但劳拉已经可以控制着自己不去抓,过一两天这些肿包就会自行消退。大卫告诉自己这样就够了,毕竟她正在逐渐康复。但是每次看到沙发上那个双目无神、行动迟缓的女人,他都忍不住怨恨她夺走了他的爱人。

二人的关系陷入了僵局,大卫也不得不直面这样的局面将持续终生的可能。午夜梦回,当劳拉仍在沉睡时,大卫总是忍不住思考寄生虫的事情,回想这个虽然让人不快但至少更加真切的想法。毕竟无可否认的是,现在的劳拉看起来不仅抑郁,而且似乎失去了灵魂。也许她真的染上了某种罕见的皮肤传染病,但由于大卫没有管理好自己的情绪,导致医生错误地将她划入精神病患者的行列,导致她有苦难言、只能默默承受?

尽管这个可能性让大卫心里充满了罪恶感,但他一旦抱定了这个想法,就再也放不下了。他深爱着劳拉——原来那个真实的劳拉,那个他在酒吧遇到的、泼了自己一身啤酒的姑娘。但眼前的这个劳拉(他已经记不起她上一次涂口红是什么时候了)行事万分小心,生怕自己内心的紊乱表露出来。

于是,一天早晨,他让劳拉坐好,给她披上她最喜欢的毯子,给她沏好了茶,问她感觉怎样,她一如既往地回答:"我感觉很好。"但她的眼白已经变成了不健康的黄色,鼻孔周围是一圈红色,好像被火燎过一样。

"我在想,"他边说边在她身旁的沙发上坐下,"我还是担心你。我怀疑是不是我们放弃得太早了,是不是你真的出了什么问题。我是说,你的皮肤。"

她出神地盯着茶杯底,慢慢地说:"我有时也有这种怀疑。"

"我知道丙戊酸盐①是有效的。但是也许还有别的问题。"

"没准。有可能。"

"或许应该再问问别人?反正也不会有什么坏处。"

"你是说,再找个心理医生?"

"我想找个皮肤科大夫。找个好的。"说着,他打开一个文件袋,给她展示里面放着的一沓他精心准备的文件:都是通过同行评审的学术专著论文,是他在单位打印的。"有很多证据表明,真实的——我的意思是,从肌体角度讲真实的——皮肤病往往被误诊为心理性疾病。在女性患者群体中,这样的情况尤其普遍。兰辛大夫上岁数了。在他们那个年代,所有疾病都有心理因素的影响:不管是肌纤

---

① 一种抗癫痫药物。

维痛，还是慢性疲劳，在他们看来全是心病。如果我们想要一个靠谱的说法，还是得找个好大夫。不对，好大夫还不够，得找最好的。"

"听起来要花不少钱啊。"她说。

"别担心这个，劳拉。钱不是问题。"

她的眼睛突然闪现出一丝光彩，嘴角浮现出熟悉的微笑。"可以记在表里。"

"去他妈的表格。"他说，"劳拉，我爱你，我会照顾好你。一切都会好起来的。"

他们开车来到大卫新找到的诊所。一路上车窗都敞开着，二人吹着风把这次就诊的计划又过了一遍。他们在家就商量好，不带装了证据的密封袋了——袋子自从上次看病回来就一直躺在冰箱里，没有人再碰过。关于现在正在吃的药，也是除非对方问起，否则不要主动去说。他们希望以一个"清白之身"走进诊室，避免再像上次那样，一递上密封袋就引起医生的怀疑。这次，劳拉希望从零开始：我只是感觉瘙痒。除此之外，我很健康。

这位皮肤科大夫的办公室很宽敞，四白落地，闻起来都觉得干净。尽管大卫提出要陪劳拉一起进去，这位医生还是表现出了高于兰辛大夫的职业态度，婉拒了大卫的请求。原定的接诊时间只有二十分钟,但一转眼,三十分钟过去了。直到过了四十五分钟,劳拉才从诊室出来。大卫一见,马上从椅子上站起身来迎了上去。

"她怎么说?"

"她说确实有肿包,确实有压力,之类的。她问我有没有吃药,我告诉她在吃丙戊酸盐。我早知道不应该直说的。你说得对,我可以感觉出她的想法变了。好像就是一瞬间的事。最后,她只给我开了祛疤药膏。"

大卫失望地摇了摇头,反倒是劳拉开始安慰起他来。"我们都知道这个过程不会容易。这才刚开始。"这话没错。他们的确知道,这确实只是开始。他们已经在网上跟一大票疑难杂症的患者取得了联系,还从很多支持者那里得到了一份十二页长的同情此类患者的医生名单。他们最终会找到答案,哪怕要穷其一生。大卫相信他们一定能够成功,而且他从劳拉的眼睛里、从她涂了口红的嘴唇上挂着的微笑中可以看出,她也有信心。

他从没想过,曾在脑海中预演过无数次的场景竟会在这个灰云密布、冷风习习的日子,在了无生气的诊所停车场变成现实。但那句话已从心底升起,他已无法阻挡,也乐得顺其自然:

"劳拉,"他说,"你愿意嫁给我吗?"

一周后,他们在法院领证结婚了。这件事他们没有告诉任何人——无论是双方父母、旧金山的新朋友,还是纽约的老相识。劳拉原来的裙子都穿不下了,于是干脆买了条新的,她又买了一顶漂亮的复古小帽,用一片薄纱装饰了一下。他们请另一对私定终身的小两口来作见证,又托路人帮忙拍了几张合影。劳拉看到照片后似乎有点悲伤,原因大卫也能猜得到:这些照片永远不可能装裱起来挂在墙上,供后代欣赏。照片里的劳拉看起来苍白得吓人,脸颊上的伤疤就算隔着面纱仍然触目惊心。但他们来日方长,下次可以拍更好看的。结婚这件事的意义正在于此:现在,他们拥有无穷无尽的机会,可以想尽一切办法去爱彼此。他们有一辈子的时间去找到正确答案。

新婚之夜,大卫躺在劳拉身边,看着一道月光照在她的胳膊上。第一块咬痕,也就是一切的肇始,早已痊愈,只留下一道表面光滑的疤。很难想象,这么小的东西竟然能带来这么大的伤害——就算是子弹,取出身体之后留下的痛苦也未必会比这更大。

那道疤的上方，有一团新的肿块。大卫用手指轻抚着这块柔软的皮肉。尽管劳拉身上其他位置的皮肤凉凉的，但这个肿包摸起来却暖暖的，甚至有点烫手。他正摸着，突然感觉手指下的肿包鼓了一下。那转瞬即逝的触感，短暂得就像眼皮一眨、秒针一动。

大卫惊慌地抽回了手，揉着手指希望清除那种真切得让人不安的感觉。他希望刚才的那一下不过是自己的想象，但是双眼却不停地提供相反的证据：肿包表面紧绷的皮肤开始颤抖着变形，就好像皮肤下面有什么东西正在用力地往外拱，想要冲破束缚。

"劳拉，"大卫轻呼着，"劳拉，快醒醒。"但她睡得昏昏沉沉，怎么叫也叫不醒。他在黑暗中眯起眼睛，看着她手臂的皮肤此时已如不安分的大海那样上下翻腾。接着，就在他的眼前，她手臂上的肿包突然一鼓，中心处出现了一个暗色的针眼，冒出一颗半透明的血泡。接着，血泡猛地破裂，把血溅得到处都是，这么长时间以来一直盘踞劳拉体内的寄生虫左右扭动着从皮肉里露出头来。

大卫连忙伸手去抓。他牢牢拽住寄生虫探出劳拉体外的部分，用力地往外拉。虫子在他的拉扯下猛地伸展开，就像一条有生命的绳子。他一把将虫子摔在床单上，这个浑身湿滑、不可名状的怪物仍然不停地抽搐、翻滚着。

那虫子的身体一节一节的，就像一根十五厘米长的白色管子，身上长着数不清的脚，像海草一样诡异地颤抖着，不停地拍击着床面。这么大的标本火柴盒根本装不下，密封袋根本关不住。大卫想好了，明天，他们要用厚玻璃罐装着这份不容辩驳的证物，去找大夫辩理。她一直是对的，幸好他选择了相信她。他差一点——真的是一念之间——就失去了一切。

现在他们安全了。他们再也不用担心他人的质疑了。劳拉的身上可能还潜藏着成千上万的幼虫，但它们的母亲已经死了，而明天，所有的医学手段都将站在劳拉这一边，帮助她对抗感染，直至彻底肃清所有寄生虫，直至她重获健康。

床上的寄生虫用尽最后的力气剧烈摆动。大卫凑近看时，饥饿难耐的它却猛地一跃而起，一条腿扫到了大卫的脸。大卫忙伸手去抓，但为时已晚：寄生虫抓住了大卫，用尽全力往他身体里钻。伴随一阵钻心的剧痛，大卫眼前白光一闪，虫子从他的眼睛与骨头之间的柔软部位扎了进去。

大卫感到无数只尖脚在他的面颊内侧不停摆动，抓挠着他的头骨，碰触着他大脑的边缘。接着，一切难以言喻的感觉都烟消云散，只在他的眼睛下方留下一个如蚊子叮咬大小的肿包，以及一阵瘙痒。他的身边，熟睡中的劳拉翻了个身，轻哼了几声，抓了抓痒。大卫栽倒在她的身边，任由他爱人的肌肤之下孕育出的怪物，凭借它精准无误的直觉，沿着血管朝心脏游去。

寻死

之前我有一段时间住在巴尔的摩,那时候真是太寂寞了。如果我还可以找借口的话,寂寞是唯一的借口:当时我没有工作,住的是周租的汽车旅馆,跟亲戚朋友隔着十万八千里,一边靠信用卡度日,一边试图"认清自己"。我说的"认清自己",无非就是嗑药、喝酒、每天睡十八个小时。

那时候我常打交道的人基本上只有在 Tinder 上认识的女生。一般就是我待在房间里喝酒、看片儿、打游戏,然后突然想起已经一两个星期没跟活人说过话了,更没有离开过房间、换过衣服或者自己做过一顿饭。想到这里,我就会打开 Tinder,滑动屏幕,找个姑娘,帮我回忆起作为一个人是一种什么感觉。所有的姑娘,我都是见了几次就不再联系了。其实我也不是故意的,只是顺其自然。我接下来要给你讲的就是其中一个姑娘的故事。

她挺可爱的——身材娇小,一头金发,我记得好像是来自西部的哪个城市。光看她在 Tinder 上的自我介绍我就知道我们没有任何相似之处。当然这也不是她的错——那时的我,无论跟谁都没什么相似之处。当时我离婚手续还没办完,跟家里人也没来往,只是每半个月跟哥哥通个电话……我的意思是,我知道我那时不适合跟人交往,所以也没想拽个无辜的姑娘跟我一起受苦。起码的自知之明我还是有的。

于是我就开始跟这个姑娘联系。我和她简单介绍了一下自己的情况和处境,没有深谈。她似乎看上我了,于是我就问她想不想见面一起喝一杯。她说她不喝酒,我说,好吧,那也没关系,可以一起吃甜点什么的。然后她说,如果你方便的话,要不我到你家去找你?

Tinder 上的人有时候就是这么直接。虽然这种事情并不常见,但我也不是完全没有。对于这种要求,虽然司空见惯,但我心里还是会惊叹,觉得"这个姑娘真豪放"。因为,我知道虽然我不是那种先奸后杀的凶残之徒,但是主动提出要求的那个姑娘又怎么能确定我是好人呢?显然,这种事我也没问过她们。我只是有点好奇。

既然这个姑娘要登门了,我赶紧动手收拾房间——我的房间就是一个猪圈,而我就是里面养的猪。我洗澡、刮胡子,把东西都扔进柜子里藏好。我试图让她觉得我是那种定期换内裤的人,虽然真实情况是,如果不是因为Tinder,我可能会一直穿着同一条沾了屎的内裤,直到肛门感染而死。

就在我拼命想让自己哪怕再干净一丝丝的时候,有人敲门了。我开门之前先透过猫眼往外看了一眼,以便确定真的是她。不过话又说回来,不是她还能是谁呢,对吧?但我当时受害妄想症有点犯了,肯定都是嗑药惹的祸。果然是她:这个可爱的姑娘,梳着像啦啦队员一样的高马尾,穿着粉红色的T恤和牛仔裤。我的第一反应是,不错呀。毕竟现在有了手机摄像头滤镜这些东西,你永远无法知道你在网上约的姑娘真人是什么样。但我注意到的第二件事就是,她带了一个拉杆箱。箱子不大,跟登机箱差不多。是不是有点奇怪?我打开门,先拿拉杆箱的事情开了个玩笑:哇哦,你是准备在我家长住吗?她笑了,我接着说:看来不是,说真的,这里装的是什么?化妆品?她假笑了一下,仿佛藏着什么秘密,接着对我挤了挤眼,说:如果你运气好的话,你会知道的。

每次都是这样:每次有姑娘到我的住处,发现我真的住在汽车旅馆时,我就正式跌出了及格线。我每次都提前跟她们说清楚——认真地警告她们——但有些姑娘就是眼见才能为实。就算我好好打扫,也无法掩盖这里糟糕的环境。看她们失望的样子,我一般会提出换个地方,但从没有一个姑娘答应。我猜想,在经历了最初的震惊之后,她们只觉得我可怜。

但是这个姑娘不一样——无论她心里是否对我的居住环境感到不快,脸上都丝毫没有表现出来。她像空姐一样拖着拉杆箱进了门,然后径直来到床边,一下跳上了床,仿佛在说:我们现在就开始吧!她竟然连鞋都没脱,就上了我的床。我知道这听起来很可笑,但处境如斯的我竟然被她的这个举动给惹毛了。咱俩才见面不到三十秒,你拽着个拉杆箱进了门,然后穿着一双脏兮兮的鞋子就上了我的床?能不能别这么自来熟啊?鞋子看着倒是还可以——可能是科迪斯[①]的?但是有点磨损,一只鞋底上还有一块棕色的东西,我真心希望那只是泥。

如果我当时处于一个不同心境的话,我可能会说:嘿,你不介意的话,能不能上床之前先把鞋脱了?也没什么大不了的。但我感觉最大的问题可能是,那时的我完全无法正常地与人互动。我知道我反应过激——毕竟我床上的被

[①] Keds,美国帆布运动鞋品牌。

褥这么多年来什么脏东西没见过。有时我睡不着觉的时候就会想,我那沾满了屎、血、尿和精液的床单,在黑光灯底下估计都能发光了,而我就躺在这样的床上。想到这里我突然觉得,如果我这么介意,不如干脆把床单送去干洗算了。但是我一直没有这么做。那就是我当时的生活。

扯远了,继续说这个姑娘。她现在就在我的床上。我问她要不要喝点酒,说完才想起她说过她不喝酒。她说,她想要一杯水,我就问她要不要加冰,说完才想起我冰箱里没有冰块了,只能给她用纸杯接一杯温吞的自来水。说实话,我表现得真的太糟糕了。但是姑娘似乎并不介意。我问她想不想看电影,她说可以,但她同意的样子好像在说:"今天晚上是不可能看电影的,这一点我俩都心知肚明。"这倒是也没错。有些姑娘目的性很明确,有时她们就是想跟网上认识的看着还算靠谱的男人来一炮。在我看来,过分强调男女对性的态度不同的人根本什么也不懂。就算大部分女人都比男人稍稍保守一点,但正态分布曲线尾部的"个别分子"真的什么事儿都干得出来。这才是统计学,不是吗?

很快,我们就开始亲热,过了不久,又开始更进一步。然后我伸手去拿安全套,她说:"等等。"

好吧，我心想，原来她只喜欢浅尝辄止，不想来真的。这种女人也不少。坦白地讲，我也不在乎。相比心不在焉的抽插，我更喜欢全情投入的口交。

但是没想到，她说的是："关于我，有件事还是应该先告诉你。"

我说："什么事？"

她说："就是，我的性癖很奇怪。只有你完全按照我说的方式做，我才能得到性爱上的满足。"

别忘了，这段话是我们认识以来她对我说的最长的一段。我有点吓到了。不过我还是说："好吧，没问题。告诉我怎么做。"

她说："我要你答应，你会尊重我的愿望，我让你干什么你就干什么，因为这对我而言非常重要。"

我说："当然，我会尊重你，这是自然，但是你得先告诉我你要让我干什么，我才能答复你。"

这听起来没问题，对吧？但她似乎有点生气了。我从她的表情可以看出，她想让我直接同意，不问任何问题。当然，她十分可爱，但是拜托，这种事情必须小心点。

仿佛要说出什么极其性感、下流的言语一般，她压低嗓音，用略带喘息、电话性爱般的声音说："我想一块儿去洗澡。然后互相亲吻、爱抚,亲热一阵。常规环节之后——这一点非常重要——我想让你出其不意地用尽全力打我的脸。我被你打倒之后,我想让你踢我的肚子。然后我们就可以正式开始了。"

换作是你,你会怎么做?我是真的想知道。因为:我当场就笑出来了,当着她的面笑出来了。不是因为这件事好笑,而是因为——唉,我也不知道为什么。我笑了几声,发现她没跟我一起笑,只好停下来眨着眼看她。直到她慢慢地说:"这就是我想要的。打我,踢我。只要你照做了,我们就可以做爱。"

我心里想:行吧,这姑娘可能脑子有问题。要不就是在耍我。

或者这是一场测试,我现在其实是在拍真人秀。

但我希望保持礼貌,所以我说:"抱歉,我尊重你的愿望,但我对这些没兴趣。"

她说:"你有没有兴趣都不重要。我有兴趣。你要想跟我做,就得先按我说的做。"

这真是太让人不舒服了。她就那样盯着我,等待着,等着我答应做这件我显然不会答应的事情。我也不知道该说什么好,她也不给我进一步的暗示,我有心干脆打发她回去，但这样似乎更不合情理。于是我憋了半天说："要不咱俩先亲热会儿，你让我想想？"

她表示同意，我们就继续。我的大脑全程飞速运转。我心想，不行，绝对不行，我怎么能打一个素昧平生的姑娘呢？绝对不行。她甚至都不明白自己在说什么。正常人怎么可能提出这样的要求。她身材这么娇小，也就九十来斤，何况我实际上比看起来要强壮一些。我要是真的用尽全力打她，没准儿会把她打死。就算她只是想骗我上钩——比如事后拿来威胁我、敲诈我；或者我打她的时候，男朋友突然冲进来把我暴打一顿，以满足他自己的性癖好——她也不应该提出这样的要求。

但是，她毕竟长得可爱，我又很享受跟她抱在一起摸来摸去的感觉，我的大脑最终还是开始想办法让这个荒谬的要求看起来不那么疯狂。或许她确实想让我打她，但不是真的"用尽全力"。就好像，打人也是分等级的，她想要的是不会真的致命的那种。或许在"用尽全力"这个词上纠结完全没有任何意义。这个姑娘就是想让我打她，因为只有这样她才能兴奋起来，这跟有些姑娘喜欢男方在做爱过程中抽她嘴巴、打她屁股或者掐她脖子没什么区别——这几项我之前也都干过，虽然我自己的感受以及实际效果各有不同。

我告诉自己说,好吧,这个姑娘有特别的癖好,这癖好还挺吓人。也不知道她为什么会变成这样——当然,我可以想象出各种黑暗的可能性,只不过我不想再往深处琢磨了。但不管因为什么,她现在已经这样了,根本控制不住自己。这跟恋足癖甚至恋童癖其实差不多,我们控制不住自己想要什么,唯一能控制的就是怎么处理。这个姑娘的处理方式还是十分成熟、负责的。她一见面就先说明白,没有等到你跟她约会了三次、已经完全坠入爱河了再说出来。她有一说一,把选择权交给了你。从某种程度上来说,她将自己的弱点暴露在你面前,恳请你满足她一个很多人都不以为然的愿望。是的,虽然她表面上态度强硬、颐指气使,但实际上她十分诚恳、开放、直接。某种程度上讲,你必须对她的这种品质予以肯定。

于是我开始问自己:我能打她吗?不是真的用尽全力,而是……象征性地意思意思?假设我打了她之后,她变得异常亢奋,于是我俩干柴烈火,大干一场——何乐而不为呢,对吧?但我心底还是存在这样一个疑问:这种事,什么人干得出来?谁会跑去见一个陌生男人,要求对方用尽全力打她?唯一的可能就是,这个人不想活了。即便不考虑我对暴力性爱的排斥,如果我干了一个寻死觅活的姑娘,我又算什么呢?

问题在于,现在回想起来,这的确是一个合情合理的想法。我希望我能肯定地说:"当时我没有想到这一层。"或者说:"那时我心情太郁闷了,根本无暇顾及。"但我当时的确想到了这一点。我想了想,然后就……没管它,就好像我的良心是一组已经磨薄了的刹车片。我不想打这个姑娘,却随波逐流了。况且,没错,这个姑娘是不太正常,但事实是,所有这些在Tinder上跟我联系、同意跟我见面、在汽车旅馆里跟我上床的姑娘,多多少少都有点不正常。任何一个哪怕有一点正常的自我保护本能的姑娘,就算离我一英里都能感觉到危险临近。我感觉这对于姑娘们来说是很正常的事情。有些人愿意靠近我完全就是为了堕落。因为老实说,这个姑娘也不会去求一个地产经纪人或者大学生揍她一顿。她找我,就是因为她觉得我能满足她的愿望。我一开门,她就知道,没问题了,这个男的应该会喜欢打我的脸。给人留下这样的印象本身就让我感到不安。但更令我不安的是,她看得很准。或许我就是有这样的欲望,尽管我自己可能感觉不到。或许打她可以帮我洗刷掉这种欲望,或者帮我证明自己根本没有这种欲望。

于是我最后一次向她确认:"你确定想让我这么做?"

她说:"确定。"

我说:"你不喜欢抱在一起看电影?"

她笑了,带着一丝挑衅的口吻说:"怎么了,你害怕了?"

我刚要开口否认,但转念一想,为什么不面对现实呢?

于是我说:"对,确实有点。"

她把手放在我的手上以示安慰。"我知道这有点奇怪。"她说,"我也不想吓到你。"

"我觉得我可能还需要一点时间,做一下心理建设。"我告诉她,"我之前没打过女生。"

实际上,我从来没有打过任何人,但我不会这样告诉她。这样听起来显得我很业余。

她笑了。"这不需要什么经验!"她说,"能给你'破处',我感到很荣幸。"

看着她的笑脸,我有很多问题想问她:比如,你究竟是怎么变成这样的?你来自哪里,家里有没有兄弟姐妹?你做什么工作,最初的记忆是什么?你最喜欢哪个颜色?还有,你那个拉杆箱里到底装了什么?

但我还没来得及说出口,她就又抓住了我的手。"你不用担心,"她说,"你肯定很擅长,我保证。"

"我不知道听了这句话是该高兴还是该难过。"

"我的意思是,我相信你。"她说着,亲了一下我的脸颊。

我不知道她是不是真心的,但那正是我需要听到的。我说:"好吧。如果你确定这是你想要的,那么我们开始吧。"

见我同意了,她脸上瞬间迸发出了光彩,就像一棵亮起的圣诞树。她又亲了我一口,跳下床去浴室。不用我多说,我住的这个地方没有什么浪漫的独立淋浴间,更不要说漂亮的肥皂或者花洒了。我这里只有一个脏兮兮的小房间,瓷砖上长着霉斑,墙上挂着来路不明的污渍。我有一点希望她看到浴室之后改变主意。但并没有——她打开水龙头,直接钻了进去。

即便是在浴室的荧光灯照耀下,她赤裸的胴体看上去仍然惊艳——她身材娇小,是我非常喜欢的陀螺型——但在欣赏她身体的同时,我也暗暗地在她身上寻找可能存在的瘀青,以确认她之前是不是已经找过别人揍她。不过她身上没有任何痕迹或者伤口。就是一个看上去完全正常的普通姑娘。

我也钻进了浴室。我们亲吻了一阵,她俯身对我的下盘发起了攻势,不过可能是因为想到接下来要发生的事情让我压力太大,我的身体并没有立即给出响应。想象中的口交显然不会发生了,于是我说,嘿,让我再亲亲你吧,然后我们就又吻在了一起。几分钟之后,她放开我,开始往身上擦肥皂,一边洗一边看着我身后的墙,好像上面有什么东西似的。我意识到这是她表示自己注意力不集中的信号,是时候出拳了。

于是我照着她脸上就是一拳。不过也没有那么严重。只不过是最轻最轻地敲了她一下。基本上也就是用我的拳头点了一下她的鼻子。

点到为止吧,拜托,我心想。

但是那还不够。有一刻,她脸上充满了鄙视的表情。她说:"我希望你认真点,莱恩。你不可能就这么点力气吧。认真点打我,好吗?"

说完她开始往头发上涂洗发露,这为我争取了更多时间。但我可以感觉到,随着时间一点一滴地流逝,我的心里和身体都开始害怕,我的胳膊感到无力,胸口憋闷。有趣与真实之间显然存在一条界限。我必须找到一个平衡点,做到既不会真的伤到她,还足以让她满意,这是一个非常小的区间,失手的概率非常高。我的心里有一个声音小声嘀咕着:兄弟,你没必要这样做,下不了手就算了吧。但与此同时,我脑子里想着她刚才如何向我道歉,以及我如何承诺说她提出这样的要求并没有那么奇怪。事到如今,我不想把刚才的一切都推翻。我希望自己能满足她的愿望,我真的是这样想的。

于是情况变得越来越诡异:她看我的眼神越来越犀利,好像在说,快点啊大哥,快点打我啊。喷头里流出的水越来越凉,她开始变得烦躁。但她不得不装作自己不知道接下来要发生什么,只能没完没了地往头发上涂洗发露,一边涂一边叹气。而站在一旁的我则紧握双拳,心里对自己疯狂大喊着:动手啊,动手啊,快动手——

于是我动手了。我撤步闪身,直出一拳,正中她的面门。

她应声倒地。伴随一声长长的、颇具戏剧性的"啊啊啊啊啊",她躺倒在地,一股鲜血从鼻子里流出,随着水流进入了地漏。并不是那种大出血,但那也是血啊。

我这才回过神来。"该死!你没事吧?"

我顿时感到反胃。心想,天哪,万一她要是死在我手里可怎么办？我脑海中想象着我被捕和庭审的画面，想象着我妈看着我戴着手铐脚镣被狱警推入牢房的背影伤心哭泣。我心想：我得想办法把她的尸体处理掉——因为我如果实话实说的话，没有人会相信的。

我俯身摸她是否还有脉搏。这时她睁开了眼，好像我是她高中舞台剧表演时忘记台词的白痴搭档，虚弱地轻声说："我没事，但你还没踢我呢。"

说完她又把眼睛闭上了。我跟你说，那一瞬间我简直恨死那个姑娘了，并且我可以肯定她也恨我。我完全能猜到她的想法：她想找一个愿意为了满足她的怪癖就算上刀山下油锅也全程奉陪的硬汉，万万没想到却遇上了一个既不敢照她说的做、又不敢让她有多远滚多远的软蛋。

在那一刻之前，我甚至都没有想过我还欠她一脚，因为我脑子里全是那一拳的事。现在更糟了：她闭着眼，像胎儿一样蜷缩在地上，仿佛是要逃避我的攻击，却完全没有还手之力。把人打倒再补一脚，简直太恶劣了。我站在长着霉斑的冰冷浴室里，试图挪动我的腿，心中万分纠结。但我深知，除非我果断出脚，否则这件事根本没个头儿。或许，生活在另一个平行宇宙中的我，此时正从地上将她扶起，一边为她裹上浴巾一边说着"宝贝，我尊重你，但是你应该得到更好的,我们都值得更好的"之类的屁话。但问题是,如果我生活在那个平行宇宙中,她也就不会在这儿了,我也不会住在汽车旅馆里。退一万步说,那个平行宇宙里的我至少会把被褥送去干洗,也绝不会让她穿着鞋上床。那才是正常的世界。但在这个世界里,我低头看着躺在地上的姑娘,心想,唉,干你娘啊这位女士:我知道我混得惨,但是直到你出现在我面前,我才真的明白我到底混得有多惨。

在心理康复治疗时,人们常说所谓"跌落谷底",而我想说,站在那个赤身裸体的姑娘身边,随时准备照着她的肚子踢上一脚,那就是我的谷底。那种难辞其咎又无能为力的双重打击——说真的,那一刻我完全看清了,我的生活失控到这种地步,责任全部在我,怪不了其他任何人。没有我之前的所作所为,就不会有今天的事。正是我之前的选择,将我带到了此时此地。

但如果那就是我的谷底了,我的境况就会自此改变,对吧?毕竟前方的光明总该让我有所触动,总该对我有所帮助。但事实上,并没有。那只让我感觉更糟糕。

于是,我终于踢出了那一脚。就像她要求的那样,我踢在了她的肚子上。那一刻我才明白,为什么这一切要发生在浴室里，因为她会呕吐。一股米黄色的燕麦粥状物从她嘴里喷涌而出，跟喷头喷出的水流混在一起，在我的脚边打转。我的记忆像坏掉的电视一样断片了，但我可以肯定地说，现场的情况比我想象的最糟糕的情况还要糟糕得多，简直糟透了。

她起身之后简单冲了冲，肥皂也没打就爬上了床，招呼我也过去。我脑子里那个微弱的声音这时完全在尖叫了：莱恩，不要不要不要，拜托你。但我没有听他的。我上了她，就在汽车旅馆的被褥上。我全程屏住呼吸，以免闻到呕吐的味道，但她鼻孔里以及鼻子与上唇之间那层薄薄的凝血还是清晰可见，这简直是我见过的最难受的画面。

我不知道。

事后，我试图回想我当时所处的境地，想搞清楚我究竟是如何沦落至此，搞清楚那一拳、那张床、那个姑娘，这一切都是怎么发生的，但是我无论如何都想不清楚。我知道，一些愚蠢的决定会引发更多愚蠢的决定，但我无法构建出完整的轨迹。就好像我能想象出自己堕落的曲线，但曲线突然就消失了，过了一段时间才重新出现，已经开始上升了。而从消失到重现，这中间发生了什么，我完全不知道。因为最糟糕的，不是我打了她，不是我打完她又干了她，也不是我完事之后跪在卫生间的地上抱着马桶狂吐。最糟糕的是当一切都已结束，当她离开了旅馆，当房间里只剩我自己的时候，我的感觉。

我到最后也不知道拉杆箱里装了什么。也许是性爱玩具或者性感内衣。也许是什么用来满足她怪异性癖的工具。也许是拳击手套。也可能是个炸弹：有些精神病人可能就是这样，去到别人家里让对方揍她，如果你不照办她就直接引爆炸弹跟你同赴黄泉。也有可能，那就是个空箱子。或许她是个无家可归的女流浪汉，箱子里装的就是她的全部家当。她走后立即在 Tinder 上取消了跟我的配对——说真的，几乎是她前脚刚出门，后脚我就发现她取消了配对，我感觉她肯定是在汽车旅馆的停车场操作的——所以我永远也无法知道箱子里到底是什么了。

很显然，她是个遇到了很多麻烦的姑娘。我们俩各自都有各自的问题，但我可以坦诚地说，她是我见过的人里面唯一一个混得跟我一样惨的。或许这一点也可以勉强算作我们的共同点？

那件事之后没过多久，我哥哥来到了巴尔的摩，帮我联系了干预治疗。我顺利地离了婚，最后找到了一份工作，搬出了那座城市，开始偶尔出去参加相亲活动，但始终无法进入一段认真的关系。直到我真正理解和接受了自己，我的人生轨迹才开始止跌上扬。我已经可以构建出我做决定的链条：即便我做出了愚蠢的选择，我也可以给出解释。我可以说，我之所以做了 x，是因为 y。

时隔多年，我仍然在想着她。她叫杰奎琳。我一直思考她的事，思考她为什么会变成那样，思考她拉杆箱里的东西，思考她此时此刻在做些什么。每一次，我都会得到同样的结论：她大概是已经死了吧。那天她对我说话的方式、她仔细解释她的要求时的样子——我肯定不是第一个被她提出那种要求的人。我可以肯定，我不是第一个。那样的决定自然也会带来相应的结果。输入 x，得到 y。谁能做到一次又一次在汽车旅馆里跟男人约会，每次都要求对方殴打自己，却又每次都能平安生还呢？

谁知道呢。也许你可以。

咬人 ———

艾莉喜欢咬人。她上学前班的时候咬过其他小朋友，咬过表兄弟姐妹，咬过妈妈。她四岁时，每周两次去看专科医生，"解决"她咬人的问题。在医生那里，艾莉让两个娃娃相互咬，然后让它们交流咬人和被咬的感受。（"疼。"其中一个说。"对不起。"另一个说。"我很难过。"第一个又说。"我很开心。"另一个说，"不过……还是对不起。"）她努力想出了一个可以用来替代"咬人"这件事的清单，比如举手求助，或者深呼吸数到十。在医生的建议下，艾莉的父母在女儿的卧室门上贴了一张表格。每天只要艾莉一次都没咬人，妈妈就会在表格上贴一颗金色的小星星。

但艾莉就是喜欢咬人，她喜欢咬人远远胜过喜欢小星星。于是她继续咬人，满怀喜悦地咬，勇猛迅疾地咬。直到有一天，学前班放学，班上的漂亮小姑娘凯蒂·戴维斯指着艾莉，大声地对她爸爸"耳语"道："那个就是艾莉。谁都不喜欢她。她咬人。"艾莉感觉羞惭至极，接下来二十年里再也没咬过人。

* * *

长大成人后,主动出击、四处咬人的日子已经过去,但艾莉仍然沉醉于在办公室里尾随同事、忽然咬他们一口的幻想。比如,她会想象自己悄悄钻进文印室,托马斯·韦迪康正在全神贯注整理文件,全然没有注意到艾莉已经四肢着地爬到了他身后。"艾莉,你干嘛呢?"他会说。伴随着托马斯·韦迪康的尖叫,艾莉的尖牙已经扎进了他胖嘟嘟、毛茸茸的小腿。

外人的羞辱虽然让艾莉放弃了咬人,却无法让她忘记咬人的快乐。有一次,她蹑手蹑脚地来到罗比·凯特里克身后,而后者正在玩具桌边乐呵呵地搭积木。周围的一切都是那么正常、安静、无聊。艾莉垫步进身,吭哧一口。罗比·凯特里克像一个小宝宝那样失声大哭,所有人都大叫着四处乱窜。从此以后,艾莉就不再是一个普通的小姑娘了,而是一个游荡在学前班教室里的野兽,所到之处尽是混乱与毁灭。

小孩子与成年人之间的区别在于,成年人能够理解自己的行为会产生的后果。作为一个成年人,艾莉明白,如果她想要有钱付房租、交医保,就不能在上班时间到处咬人。因此，艾莉在很长一段时间里都没有再动过咬同事的念头——直到她的办公室经理午餐时心脏病突发，在所有人面前一命呜呼，而事后人力资源代理公司选择派科里·艾伦接替他的工作。

竟然是科里·艾伦！听到这个消息，艾莉的同事们议论纷纷：中介的人脑子里在想什么，竟然派他过来？绿眼睛、金头发、粉脸蛋的科里·艾伦根本跟办公室格格不入。他就像个半人半羊的森林之神，阳光普照的原野才是他的家，裸体仙女环绕、整日寻欢作乐才是适合他的生活。就像会计部的米歇尔说的那样，科里·艾伦给人的印象就是：他随时都可能决定辞去办公室经理的职务，跑去树上生活。原本就在职场上不合群的艾莉时常听到同事们小声嘀咕，谈论办公室里的其他女同事都多么想跟科里·艾伦睡觉。科里·艾伦虽然性情古怪，但相貌英俊。

艾莉不想跟科里·艾伦睡觉。她想咬他。

她是周一早上晨会前，看科里·艾伦往一个大盘子上放釉面甜甜圈的时候发现这一点的。他把甜甜圈摆好之后，转过身看到她正在看他，冲她挤了一下眼。"怎么了，艾莉，你看着好像有点饿？"他坏笑着说。

艾莉并不是在打量科里·艾伦，他那句充满暗示意味的话完全是自作多情。艾莉甚至没有注意那些甜甜圈。但是她突然不由自主地开始想象，如果能咬住科里·艾伦脖子上柔软的部位，会是一种什么感觉。科里·艾伦会痛苦地尖叫着跪在地上，脸上的优越感一瞬间荡然无存。他会虚弱无力地拍着艾莉，嚷嚷着："不，艾莉！停下！拜托你！你干什么呢？"但艾莉一声不吭，因为她嘴里全是科里·艾伦那滋味鲜美的肉。也不一定要咬脖子。咬什么位置她不挑。她可以咬科里·艾伦的手，或者脸，或者胳膊肘，甚至屁股也行。每个部位都有不同的滋味、不同的口感；骨头、脂肪和表皮的配比也不相同。每个部位都有其独特的魅力。

或许我应该咬科里·艾伦，艾莉暗想。艾莉在公关部工作，这意味着她百分之九十的时间都花在写一些谁都不会去看的邮件上。她有一个储蓄账户和一份人寿保险，但是没有爱人、没有抱负、没有密友。她有时觉得，她整个人存在的基础，便是坚信追求快乐比躲避痛苦更加重要。或许成年人最大的问题，就在于总是太过小心地掂量自己的行为可能造成的后果，导致很多人最终都过上了自己原本最看不上的那种生活。如果艾莉真的咬了科里·艾伦，又会怎样呢？又能怎样呢？接下来又会发生什么呢？

当晚，艾莉换上了自己最好的睡衣，点上一根蜡烛，倒上一杯解百纳。然后，她打开笔帽，摊开她最喜欢的笔记本，翻到一张空白页。

不应该咬科里·艾伦的理由
1. 咬人是错的
2. 可能会惹来麻烦

她咬了一下笔尖，又加了两行。

不应该咬科里·艾伦的理由
1. 咬人是错的
2. 可能会惹来麻烦
   a. 我可能会失去工作
   b. 我可能会被逮捕/罚款

艾莉想：如果我真的可以咬科里，那么我也不太介意丢掉工作。过去一年半里，她大多数日子的午餐时间都用来拿手机看求职网站上的招聘信息。她已经做好了换一份工作的准备，并且觉得自己完全可以找到一份新的工作。

只不过,主动辞职之后找一份新的工作,跟因为咬人而被辞退之后找一份新的工作是不一样的。如果真的因为咬人被辞退,她还能找到工作吗?还是说,只是难度大大增加?很难说。艾莉抿了一口酒,把目光放在了 b 小点上:我可能会被逮捕/罚款。嗯,这完全有可能。但事实是,如果在办公室里,一个女人咬了一个男人,那么很有可能是因为那个男人首先做了什么事情,惹得那个女人咬了他。比如说,如果她在周一晨会时当着所有人的面走上去咬科里一口,并且事后别人问她为什么要这么做时,她回答"为了性满足",那么没错,她很有可能会被抓起来。但是如果,她在一个私密环境里咬了科里——比如在文印室——那么当别人问起她为什么要这么干时,她可以说:"他试图对我进行不正当身体接触。"甚至,如果她不想损害他的名誉,她可以说:"他突然来到我背后,吓了我一跳;我下意识地咬了他,现在真是追悔莫及。"那么人们就很可能会认定她无罪。仔细想想,艾莉作为一个没有前科的白人女性,基本上算是手握一张免罪金牌。只要她能编出一个差不多的理由,就会有人愿意相信。

艾莉重新倒满了酒,一边伸展双腿一边想,这件事其实还有另外一种可能性。如果她私下里咬了科里,科里会不会觉得这件事太奇怪了，他自己都不敢相信，导致他根本不会对其他人说呢？

想象一下。傍晚，五点多钟。天已经黑了。办公室里空荡荡的。除了科里和艾莉之外，其他人都走了。艾莉走进文印室的时候，科里正在往施乐复印机里填纸。她就站在他身后，两人之间的距离近得不像话。他以为自己知道接下来要发生什么。他僵住了，准备婉拒她的请求——这并不是因为他要恪守办公场所的人际交往底线，而是因为他正在勾搭人力资源部的瑞秋。"艾莉……"他带着歉意开了口，而就在这时，艾莉抓住了他的胳膊，举到了嘴边。

科里那漂亮的脸蛋儿扭成一团，先是因为惊恐，而后则是因为疼痛。"别这样，艾莉！"他大声叫道，但是没有人听得到他的叫喊。他手臂上的肌腱在艾莉的牙齿下翻滚、断裂。最后，科里终于缓过神来，推开了艾莉。她后退几步，撞在一摞复印纸上，一屁股坐在地上。科里惊恐万状地看着她，一边握着自己流血的手臂。他在等她给他一个解释，但她什么也没说。相反，她平静地站起身，整理了一下自己的短裙，抹干净嘴边的血，走出了文印室。

这个时候科里该怎么办呢？当然，他完全可以直接跑到人力资源部告状，说："艾莉咬了我！"但毕竟这是在办公室，不是学前班。在办公室的环境中，这样的对话简直可笑至极。"艾莉，你有没有咬科里？"人事部会问她。艾莉则会扬起眉毛说："呃……没有啊？怎么问我这么奇怪的问题？"如果他们继续追问："艾莉，科里是认真地向我们反映了问题。"那么艾莉只需要说："呵呵，我看他是真的疯了。我当然没有咬他，我也不知道他为什么要那么说。"

真的，科里很有可能什么也说不出来。他很有可能会在文印室里再待一会儿，试图理解目前的状况。然后第二天，他就会得出结论，现在最简单的选择就是假装这件事从没发生过。他会穿着长袖衬衫来上班，以便遮住胳膊上她留给他的那个半圆形的瘀青。自那以后，科里·艾伦会专门分心留意艾莉的位置。她会发现，无论在开会时还是在同事聚会上，他都时不时地看她。他会不断地保持移动，以便让自己尽量远离艾莉。在某种意义上，就算他再也不会跟她说一句话了，他们也会永远处于一种双人舞的状态。几个月后，她会找机会趁着所有人都不注意的时候冲他咧嘴一笑，然后咬咬牙。他会瞬间面色惨白，马上冲出房间。她会成为他余生都难以忘却的梦魇，而他那肉眼可见的恐惧会将他们二人永远相连。

那天晚上，当满身的汗水都已经蒸干，艾莉从交缠的被单中抽出双腿，回到客厅，又拿起了笔记本。想象归想象，但至少要保证一只脚留在现实当中。她回到床上，打开了笔记本，重新写了起来。

不应该咬科里·艾伦的理由
1. 咬人不对
2. 咬人不对
3. 咬人不对
4. 咬人不对

艾莉把笔记本带去了公司。她把那张清单放在了抽屉里，每次忍不住想要咬科里·艾伦的时候就打开抽屉看一眼。她甚至为此发明了一个名为"机遇"的游戏。即便艾莉想咬科里，她也不能去咬他。她觉得，自己的"自制力"应该得到奖励。所以每当她发现她本有机会咬他却没有咬的时候，都会给自己加一分。她会在笔记本里记录下"机遇"发生的时间和地点，并在旁边画上一颗小星星。在空无一人的楼梯里与他擦肩而过，加一分。发现他进了单人卫生间没有立即锁门，加一分。看到他在所有人都下班后一个人进了文印室（就跟她幻想的一样），加一分。只要得满十分,她就会奖励自己一份冰淇淋。她会一边吃着冰淇淋,一边幻想着放飞自我,抓着科里·艾伦咬个痛快。

过了几周,艾莉注意到她的"机遇"游戏的一个有趣的点。如果你制作一个图表,画出艾莉克制住自己不去抓住机会的次数,就会发现,一开始没有几次,但后来随着艾莉完全掌握了科里·艾伦的作息以及办公室里可以咬到他却不会被别人发现的地点,机遇的次数稳定增长。但十二月中旬,机遇次数的曲线突然下落:科里·艾伦的行程变得难以捉摸,而且当他进入那些"危险地点"时,周围基本都有人。数据里有一些无关的噪声,所以艾莉花了一些工夫才意识到,最常跟科里同时出现在这些"危险地点"的人是会计部的米歇尔。而米歇尔已经结婚了。

嗯……

到了新年派对的时候,机遇游戏已经不好玩儿了。艾莉已经不满足于在幻想中咬科里·艾伦了。她想扎扎实实地咬他,这种想咬却咬不到的感觉快把她逼疯了。没错,有时候人就是求而不得。但同样不可否认的是,有时候人们明知自己的想法是不道德的,却仍然那样做了。就比如第三者插足:这明显是错的,但总有人这么做。远处就是会计部米歇尔那位可怜的丈夫,穿着一件冬青果花纹的圣诞毛衣。想象一下他忽然惊醒,却怎么也想不明白为什么妻子开始跟自己渐行渐远。想象一下他读到妻子发的信息,发现她跟那个曾被她嘲笑为"古怪的小精灵"的科里·艾伦之间一段又一段甜言蜜语的时候,内心的那种受伤和耻辱。毫无疑问,跟米歇尔的丈夫在那种情况下所感到的情感上的痛苦相比,任何牙咬带来的身体上的痛苦都是微不足道的。特别是,如果艾莉咬的是科里身上没有太多末梢神经的部位——比如后背,或者上臂。

不行,艾莉,她坚决地告诉自己。两件错事加起来不等于一件正确的事。科里·艾伦应该对他自己的行为负责,而你应该对你的行为负责。

尽管如此,艾莉还是忍不住瞪着科里,看他轻浮地与人调笑,一杯接一杯地给人递果酒。他确实不停地跟人事部的瑞秋眉来眼去。会计部的米歇尔似乎醋意大发。但与此同时,科里·艾伦可能对会计部米歇尔的丈夫满心醋意,所以可能这才是一切的根源。但是无论如何,科里·艾伦为了让米歇尔生气,那样明目张胆地跟瑞秋调情真的很不好。科里·艾伦真的是个大人渣。

艾莉四处晃着,心里好奇科里·艾伦是否会注意到她。她今天穿了一条黑色天鹅绒的紧身长裙:这身装束比她平时在办公室里的穿着性感了很多,但这身行头穿去参加葬礼也没问题,所以可能没办法吸引到科里·艾伦这样的花花公子的注意力。这会儿,科里·艾伦已经走到了会场另外一边,跟一个艾莉不认识的人攀谈——可能又是哪个男同事的妻子。也许科里·艾伦也在玩儿机遇游戏,每把一个女人逗得前仰后合、面带红晕就给自己加一分。

艾莉感到了深深的绝望,甚至有点想死。这一切有什么意义呢?或许她早就应该去咬科里·艾伦,然后跳下悬崖。

回家吧,艾莉,她心想。你已经喝醉了。

她把空杯放在身旁的桌子上,然后直奔单人卫生间,打开龙头往脸上扑了点水。她出来的时候,发现那个男人站在原本空无一人的走廊里,等着她。是科里·艾伦。

艾莉加一分!这简直是黄金时机。换句话说,如果她不想做出什么会让自己后悔的事情,就应该赶紧离开。

"你好啊,艾莉!"科里·艾伦轻快地说,"我以为你要走了,我可不能让你不告而别!"

"我只是上个厕所。"艾莉说着,试图从他身边离开。

科里·艾伦仰面大笑。艾莉在想象中一口咬住了他的苹果肌,就像咬了一口澳洲青苹果。去你妈的,科里·艾伦,她心想。我得控制住自己。让我过去吧。

"等一等,艾莉。"科里·艾伦说着,拉住了她的胳膊,"你看见那个了么?就在天花板上?"

"呃?"艾莉说着,下意识地抬头看去。科里·艾伦借机将她一把拉过来,一下子就吻住了她的双唇,还把舌头顶进了她的嘴里。她试图挣脱,但他一只手就足以控制住她,空出的另一只手开始抓摸她的屁股。显然,他比小精灵强壮多了。

过了好长时间,他终于放开了她。她后退几步,喘着粗气,感觉自己马上就要吐出来了。

"你他妈干什么啊,科里?"她说。

科里·艾伦傻笑了一下。"我以为天花板上挂了槲寄生[①]!"他大声说道,"可惜!我看错了!"

太差劲了,艾莉心想。比被人咬了感觉还要糟糕。彻彻底底的恶心。

但是她转念一想:对啊,我的机会来了。

虽然上次实践还是二十年前,但此时的艾莉心态稳定,目标清晰。她像一条七鳃鳗那样张开了嘴,一口咬住了科

[①]美国习俗:圣诞节时在槲寄生下相遇的两人要接吻。

里·艾伦高耸的颧骨,他的苹果肌在艾莉的嘴里发出清脆的咯吱声。这是艾莉梦寐以求的一口。科里失声尖叫,伸手想要推开她,但她死不松嘴;不仅不松嘴,还不断地摇晃着自己的头,就像一条要置猎物于死地的猛犬。就这样,她从他的脸上活生生地咬下了一块皮肉。

科里·艾伦瘫倒在她脚边,捂着脸惨叫。

艾莉把嘴里的那块皮吐在地上,用手背擦干净嘴角的血迹。

哎呀,糟糕。

她做得有点过了。这样他可能会毁容的。

她要被抓去坐牢了。

不过至少她会成为他终生难忘的梦魇。她在监狱里反正有大把的时间,她可以把科里·艾伦刚被咬过之后那张扭曲的脸画在纸上、贴在牢房的墙上。

突然,背后传来一个指责的声音:"发生了什么我都看到了。全过程。"原来是会计部的米歇尔。艾莉还没来得及开口,会计部的米歇尔突然冲上来抱住了她。

"你还好吗?"米歇尔问道,"真抱歉。"

"啊?"艾莉说。

"这是性骚扰!"米歇尔说,"他刚才在骚扰你。"

"哦，对！"艾莉恍然大悟，"没错！"

"他对我做了一样的事情。他尾随我来到楼梯间，然后抓住了我。不止一次。他完全就是个猥亵犯。我本来想过来给你提个醒。感谢上帝，你成功脱险。你真是一个斗士，艾莉。你真的没事吗？"

"我没事。"艾莉说。这话不是假的。

后来人们发现，科里·艾伦不止猥亵过艾莉和米歇尔，还骚扰过其他好几个女生。人力资源部果断地给出了严厉处罚。科里离开了公司，艾莉的档案也没有留下污点；不仅如此，她还在办公室里交了不少新朋友。

即便如此，她还是在六个月后辞职，选择寻找新的开始。之后，她每年都会换工作。因为艾莉很快就明白，每个办公室里都有一个那样的人：那种所有人都在背后小声嘀咕的男人。她只需要听听别人的议论，耐心等待，给他一些"机遇"，然后过不了多久，猎物就会主动找上门来。

YOU KNOW YOU WANT THIS: CAT PERSON AND OTHER STORIES by Kristen Roupenian
Copyright © 2019 Kristen Roupenian
This edition is arranged with Union Literary through Andrew Nurnberg Associates International Limited. Simplified Chinese edition copyright © 2022 New Star Press Co., Ltd.
All rights reserved.

图书在版编目（CIP）数据

猫派/（美）克里斯汀·鲁佩南著；李杨译. —— 北京：新星出版社，2022.5
ISBN 978-7-5133-4897-3

Ⅰ.①猫… Ⅱ.①克… ①李… Ⅲ.①短篇小说-小说集-美国-现代 Ⅳ.① I712.45
中国版本图书馆 CIP 数据核字（2022）第 070302 号

猫派

[美] 克里斯汀·鲁佩南 著；李杨 译

责任编辑：王 欢
特约编辑：郑 雁
责任印制：李珊珊
责任校对：刘 义
装帧设计：hanagin

出版发行：新星出版社
出 版 人：马汝军
社　　址：北京市西城区车公庄大街丙3号楼　100044
网　　址：www.newstarpress.com
电　　话：010-88310888
传　　真：010-88310899
法律顾问：北京市岳成律师事务所

读者服务：010-88310811　　service@newstarpress.com
邮购地址：北京市西城区车公庄大街丙 3 号楼　100044

印	刷：	北京天恒嘉业印刷有限公司
开	本：	889mm×1092mm　　1/32
印	张：	10.5
字	数：	192千字
版	次：	2022年5月第一版　　2022年5月第一次印刷
书	号：	ISBN 978-7-5133-4897-3
定	价：	68.00元

版权专有，侵权必究；如有质量问题，请与印刷厂联系调换。